銃弾と共に――

生かされた命に感謝して

私の身体には、一発の銃弾が半世紀以上入っている。

それは、偶発的な事故によるものだったのだが、今年68歳になる私にとって、その銃弾は折に付けて大きな意味をもたらした。

半世紀以上私の身体に留まり続けた一発の銃弾が、私の人生にどう影響し、日々の生活をどう変えたのか、この希有《けう》な体験から来る人生の記録を残してみたいと思い、書き留めたのが本書である。

目次

第1部　一発の銃弾から

1　生い立ち　10
2　被弾　11
3　被弾後の話　13
4　両親の思案と模索の日々　15
5　手術と入院生活　16
6　子ども時代の豊富な体験　19
7　新たな思い　23
8　祈祷師のお告げ　24
9　27歳に死す　26
10　検診　28

第2部　ヘリコプター操縦に挑む

11　夢は空へ——航空従事者への挑戦　32
12　航空身体検査　37
13　航空機操縦練習許可書と学科試験　39
14　初操縦体験　43
15　訓練項目　46
16　空飛ぶ者への厳しさ　61
17　単独地上滑走飛行　64
18　単独飛行の空港での離着陸飛行　67
19　上空への単独飛行の挑戦　67
20　担当教官　69
21　成人病検診で新事実　75
22　今後の人生　78

第3部　大事故からの復帰

23　人生最大の試練、大事故発生　82
24　なぜ助かったのか　89
25　事故による入院生活の始まり　96
26　リハビリ病院へ転院　111
27　事故後、初めて帰宅　124
28　事故後の診察でわかった銃弾の軌道　127
29　リハビリの自主トレ開始　129
30　退院後、再びハンドルを握る　138
31　松山リハビリ病院へ通院　144
32　事故現場を自らの運転で通過！　148
33　九死に一生を得て　150

第4部　西日本豪雨による被災

34　西日本豪雨による自然災害体験　160

おわりに　170

第1部　一発の銃弾から

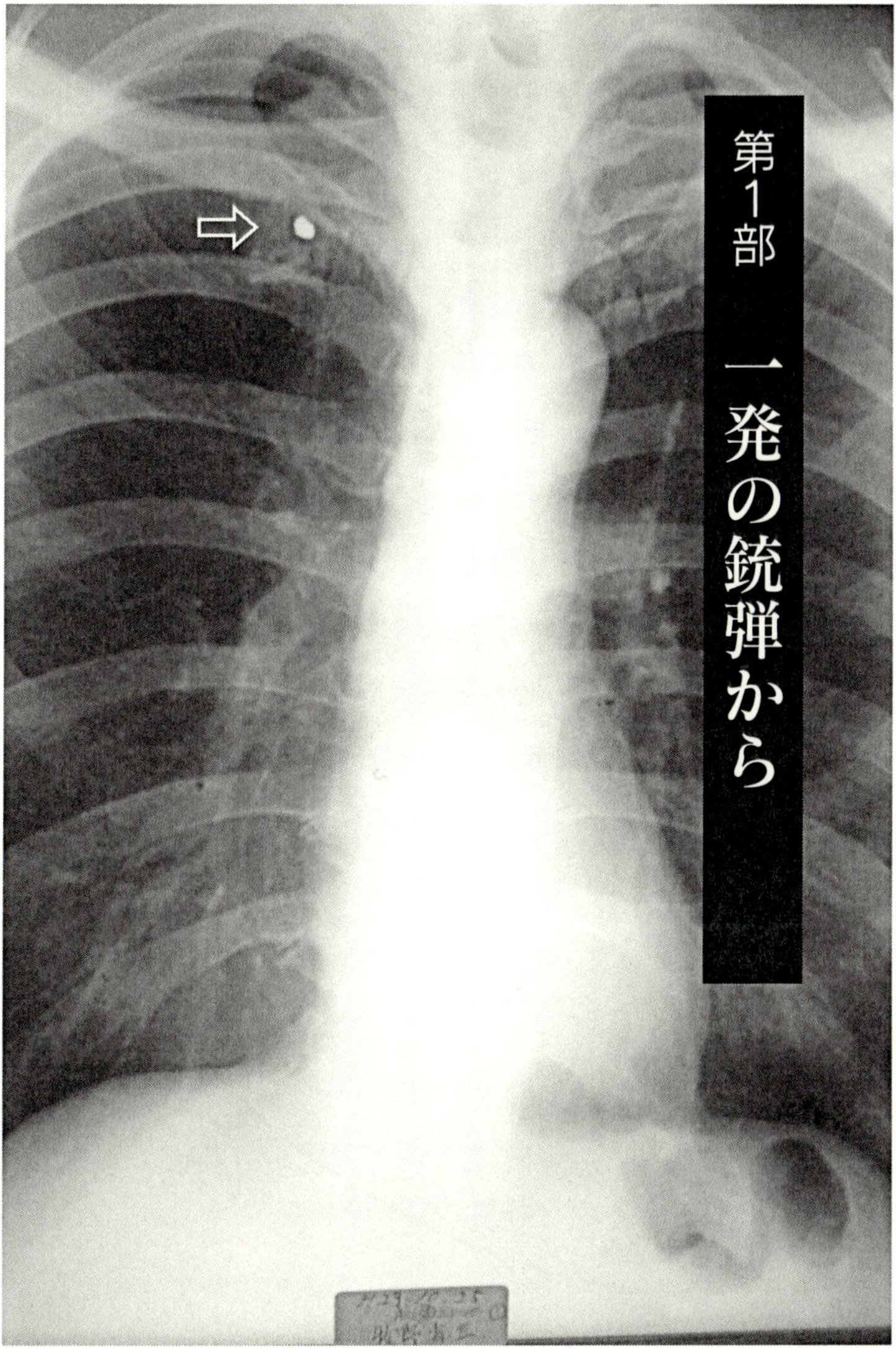

1　生い立ち

私は昭和26年、愛媛県北宇和《きたうわ》郡吉田町（現宇和島市）の赤松家に、２人兄弟の次男として生まれた。

家はみかん農家で、祖母と両親、兄の５人家族であった。祖母は若くして夫を亡くし、若いころは男に混じって力仕事をしたり、病院に住み込んで賄《まかな》い方《かた》（調理員）として働いたりし、苦労して娘２人を育て上げた。その長女が私の母である。

父は喜多《きた》郡肱川町中居谷《ひじかわちょうなかいだに》の出身で、旧姓は藤原である。中居谷は山深い場所で、鹿野川《かのがわ》から歩いて２時間ほどのところにある山の上であった。父は婿養子として赤松家に入ったが、農地面積は狭く、農業だけで生計を維持することは難しかった。みかん仕事の合間に日雇い仕事に出ていくことでなんとか生活できる状態で、集落のなかでも発言力のない貧しい家であった。

私は小学校から高校まで地元の学校に通い、高校卒業後、昭和45年から横浜の会社に就職し、３年後、三重県の会社に転職。昭和55年、吉田町内の牧野家長女と結婚し、婿養子として牧野姓を継いだ。そして平成６年、みかん農家を継ぐために22年間勤務した会社を退職し、帰郷した。

現在、牧野家の祖母、父、母はすでに他界し、私の長男、長女も結婚して他県に住んでいるから、家では妻と2人の生活である。孫は長男の子で、男の子二人である。

2 被弾

昭和32年の秋、当時6歳の私は、集落の、とある農家の庭先にいた。なぜいたのか。そこに同年代の遊び友だちがいたわけでもないので、今考えてもどうしても思い出せないのだが、庭先には2人の青年がいて、その親たちは家の中にいたように記憶している。

農家の庭は割と広く、横長の形をしていた。住居の端に物置のような倉があり、その正面入り口前には3段ほどの石の階段があって、上段にかぼちゃが置いてあった。そのかぼちゃは銃の標的のようで、青年たちからかぼちゃまでの距離は10メートルほどだった。

その当時、火薬を使用する散弾銃は別として、空気銃は手軽なものとして所有している家が結構あったため、その2人の青年も手折り式の空気銃で交互にかぼちゃを撃ち合っていたようだった。

手折り式空気銃とは、銃身を折ると内部バネが縮み、バネにロックが掛かる。その状態で弾（鉛で5ミリ程度の大きさ）を込め、その後静かに銃身を戻すと発射待機状態となり、標的に向かって引き金（トリガー）を引けば発射する。

ただこの空気銃は、発射待機状態で銃身に手荒く衝撃を加えたり折ったりすると、トリガーとバネとの引っかかりが外れ、弾が誤射される場合がある。その日も、2人が話をしながら射撃を楽しんでいるとき、弾を装填《そうてん》したことを忘れ、つい、再び弾を込めようと銃身を折ってしまった。

その銃弾は流れ弾にはならず、5メートルほど離れた庭先にいる私の首元にヒットしてしまった。瞬間、私は強い衝撃を受け、反動で後ずさりした。5ミリ程度の銃弾とはいえ、小さな子どもの身体には大きな衝撃である。

その時私は、自分に起きたことが理解できず、しばらくボーッとしていたような気がする。青年たちや大人も状況が理解できず、どうして良いのかわからない雰囲気だった。というのも、弾がよそに飛んでいったのか、子どもに当たっているのかわからず、困惑している様子だったのだが、私の肩に小さな丸い血の痕があり、「これは弾が当たっているのでは」ということになり、急遽、地元の町立吉田病院でレントゲン検査を受けることになった。私の親も知らせを受け、病院に駆けつけた。

このとき私は、痛がっているわけではなく、心理的に不安定になって泣き喚いているわけでもなかった。後で考えるに、銃弾が筋肉などに食い込んだ場合、衝撃はない代わり激しい痛みはあるが、私の場合は鎖骨に当たったため、弾のエネルギーが強い衝撃と反動になったようである。

外科医の診断は、「確かに胸の部分に銃弾が入っています」というもので、この時の親の気持ちは、今にして思っても理解できないほど衝撃的なことだったと推測する。

その後、私の家族は、この銃弾の処置について試行錯誤する生活を強いられることとなった。

3　被弾後の話

それからの日々は古い話であるため、断片的な記憶でしかない。

最初に診察を受けたのが、町立吉田病院であることは確かなのだが、なぜかここでの診察の記憶がほとんどない。当時のレントゲン技師にしてみれば、私は特異な患者なので、他の病気で病院を訪れた際にも、親にはその後の経過を聞いていたようである。

この吉田病院での診察後、摘出手術をやりましょうという話になっていないのはなぜか。おそらく幼少の子どもには難しい手術だったのではないかと思われるが、親にしてみれば、現状何もないにしても、小さい身体に鉛という金属が入っていること自体、不安な話であったことには変わりない。日にちが経つにつれ、狭い集落のなかでも小さな不幸話を心配し、どこどこに良い病院があるなどと助言してくれる人たちもいたようだった。

それと、この事故に関し、家から５００メートルばかり離れた集落の入り口に派出所があったにもかかわらず、警察はまったく関与していない。先方は、いるはずのない子どもがそのあたりにいたから危ないことになったわけで、言うなければ不可抗力の事故だから責任はない的な認識でいたことが、その理由のようだった。また口にこそ出さないが、互いに格差から生じる上下感覚を持っていて、この事故を理由に敵対関係になることには、多少の軋轢《あつれき》もあったようだった。

一応、当時の金で1万円という見舞金を出すことと、将来何かあればまた考えるといった話で決着し、刑事事件として表に出ることは抑えられた。当時、父親の日雇い賃金が３００円程度だったというから、1万円という金額はそれなりのものではあったようだ。

むろん、当時も多少法律の知識を持ち、「裁判をすれば勝てるから」と助言してくれた人もいたようだが、親にしてみれば貧しい家ではあるし、特に父親はよそから来た婿養子の身で、強く出る心理的余裕もなかったのであろう。赤松家に入って10年程度では、まだまだよそ者的扱いが大きく、妻の父（義父）が40歳を前に亡くなっていることもあって、集落においては肩身の狭い感じもあったのではなかろうかと推測する。

４　両親の思案と模索の日々

地元の病院も含め、どこも摘出しましょうということにならず、両親はさらに病院探しをして摘出にこだわるべきなのか、あるいは取りあえず私は元気だから、このまましばらく様子を見てみるかと、思案と模索の日々だったようである。

近所に、大東亜戦争中に船に乗っていて、甲板上で敵の艦載機から機銃掃射を受け、流れ弾の破片を腕に被弾したまま終戦を迎えた人がいた。その人の話によると、被弾した破片は時間をかけ、肉体の拒絶反応によって体外に出てくるという。ただ、その出口がどこになるかわからない。したがって、破片のありかがわかっている間に摘出した方が良いということで自分は手術をした、という話を聞かされた。私の場合は胸だから、もし銃弾が動いて肺でも突き破ることになれば、非常に危ないことになるかもしれないと、両親はその参考話にますます迷うことになってしまった。

その人は、流れ弾の破片を大切に真綿で包み、桐の箱に入れていた。

5　手術と入院生活

いろいろと試行錯誤するなかで、私は宇和島市立病院で摘出手術を受けることとなった。当時のレントゲン写真が残っていて、これが手術時の写真なのか、事前の検査時の写真なのかは不明だが、レントゲン写真の下のところに昭和32年11月16日という日付が入っている。11月といえば、みかん農家が一年のうちで最も忙しい収穫の時期である。

当時、市立宇和島病院は愛媛県の南予地区においては一番の設備と規模を誇る公立病院で、当地の医療に大きく貢献していた。

私は摘出の手術が決まっても、まだ、怖いとか不安な気持ちになってはいなかった。

病院ではまず、担当医と私、そして両親で、これから行う手術の話をし、背中から角度を変えてレントゲン写真を撮り、銃弾の位置を正確に確認するため背中にマーキングをしていった。このころ、油性のマジックなどない時代だったから、何で線を引いたのかわからないが、非常に痛い思いをし、しかもその赤い線はしばらく身体に残っていたから、今考えると医療用赤鉛筆のようなものだったのかもしれない。

それが終了すると手術の準備が始まり、私は病室からストレッチャーに乗せられ、手術室へと運ばれたのだが、この時初めて、子供心に何か怖くなってきた。

手術室は結構広く、８メートル四方くらいあった。部屋の壁や床は白のタイル張りで、手術台はその中央にあり、天井から１メートルほど下に沢山電球の付いた照明が設置されていた。現在の手術室と比べると殺風景な感じに見えたのは、現代のような電子機器やモニターなどがなかったせいだろうか。そんな部屋を何気なく見ていたら、壁際で医師らしき人が、赤い柄のカミソリを皮砥石で磨《と》いでいる様子が目に入り、その途端、急に怖くなった私は手術台の上で泣き暴れることになった。しかし、所詮は子ども。看護婦数人に押さえ付けられ、拘禁服のように手術台の上に縛られ、すかさず口元に麻酔ガスのマスクをあてられて意識が朦朧としてきたが、手術室の入り口の窓ガラスに両親が不安そうな顔でこちらを見ているのが確認できた。その時の親の心境は、どのようなものだったろうか。

時間がどれくらい経過したのか、麻酔から覚めたとき、私は病室に寝ていた。微かに戻ってくる意識の中で、生きていることが確認できたと同時に、背中に激しい痛みが襲ってきて、その痛みで泣いたことを覚えている。

大人であれば自分の手術経過を事細かく聞くのだろうが、私は幼かったこともあり、何も聞かされなかった。むろん親は、医師から聞かされていたはずである。

結局、銃弾は摘出できなかったという手術の結果を親から聞いて知ったのは、ずいぶん後のことなのだが、それがいつだったのかも覚えていない。おそらく理解できるくらいの年齢になってからだとは思うのだが、私にしてみれば、ある種、衝撃的な事実であるから、緊迫した雰囲気となり、記憶や記録に残す余裕すらなかったのではないかと思える。

病院には1カ月ほど入院していたように記憶している。背中の痛みは早いうちに楽になったが、なんと言ってもつらかったのは、お尻に打つ化膿止めのペニシリン注射の痛みだった。これは痛い注射なので神経の鈍いお尻に打つのだが、それでも強烈に痛かった。私は看護婦さんが来ると、いつも泣いて、「ちょっと待って、ちょっと待って」と喚《わめ》くので看護婦さんは困っていた。その時刻がいつも午後3時頃で、その注射が終わるとおやつが運ばれてくる。おやつは病院生活の楽しみの一つで、時として焼きリンゴや、金平糖《こんぺいとう》、カステラなどが運ばれてくる。どれも子供心に嬉しいものであった。

また、若い看護婦さんが絵本を読んでくれることもあった。今でもはっきりと覚えているのは『ロビンソン・クルーソーの冒険』で、絵まで記憶している。

また、病室が階段のそばにあり、天気の良い日は看護婦さんが屋上に連れていってくれたりした。病院生活は、特に子どもには退屈なものだが、そんなふうにしているうちに退院の日が来た。

6　子ども時代の豊富な体験

退院後の生活も記憶にないのだが、集落の人たちや友達のあいだで銃弾の事故の話は話題に上ることがなく、私自身、嫌な思いをしたことがなかったから、それが非常に良かったように思う。体調も特に変わったことはなく、日々元気に走り回っていた。

自宅はＪＲ（当時の国鉄）予讃線の立間《たちま》駅から徒歩で5分ほどのところにあったため、駅にはよく遊びに行った。駅に行くと、蒸気機関車が単線の時間待ちで待機していることがあり、何にでも興味津々の私が構内へ入っていくと、機関士（運転士）さんが私を運転席に坐らせてくれたり、ボイラーに石炭投入をやらせてくれたりと、今の鉄道ファンなら泣いて喜ぶようなことをさせてくれた。ローカル駅とはいえ、よくこんなことができたなと思うが、昔は大らかな人たちが多かったのだろう。

私は好奇心が強かったのか、近所で山を崩して土砂の採掘をしていると聞けば出かけていき、ずっと見ていた。すると土木作業員が手招きし、「ダイナマイトの発破《はっぱ》スイッチを押してみるか」と言うので、「はい、やります！」と即答。岩盤にドリルで穴を開け、ダイナマイトに信管を付け、穴に挿入し、ウエス（布）を詰める。その上に飛散防止のために古畳を何枚か重ね、その状態でスイッチを押させてくれたのだが、ズンという地響きと共に岩盤に亀裂が入り、砕ける。あっけない感じもしたが、確かに自分がやった、という感触は得られた。

このあと私はダンプカーにも乗せてもらい、高い運転席から誇らしげにあたりを見回し、ご満悦だった。

粉砕した土砂はダンプカーに積み込まれ、当時、新設が計画されていたみかん出荷場の建設予定地に運ばれていった。この頃、南予一帯でみかんの生産が増加し、吉田町のみかんも全国の消費地に出荷されていたのだが、その予定地はもと田んぼだったため、埋め立てに大量の土砂が必要だったのである。

また当時、現在の基礎工事には不可欠なコンクリートパイルはなかったので、松の木の杭を打ち込むことで地耐力を上げていた。後年、東京駅大改修のドキュメンタリー番組を見る機会があり、駅舎の下に大量の松の木の杭が打ち込まれていたことが報道されていたが、改めて幼い頃に見たみかん出荷場の建設現場を思い出した。

吉田町は農業の町なので、町内には鍬や鎌などを製作したり、修理したりする鍛冶屋が何軒かあった。私はここにも出かけていき、ふいごによる火起こしや、真っ赤に焼けた鍬などを金床《かなとこ》の上に載せ、ハンマーで叩くようすなどを飽くことなく眺めていた。

すると、ここでもおやじさんが「少しやってみるか」と声をかけてくれる。「やります！」とハンマーを握らせてもらい、トンカントンカンと叩くと、なんとも言えぬ嬉しさに気分が高揚していった。

家から200メートルほど離れたところには缶詰工場があり、ここにもいろいろな設備や機械があり、塀があるわけでもないので、私はトコトコと入っていってはそれらを眺めていた。いつも行っていたのはボイラー室で、やがてボイラーマンのおじさんと顔なじみになった。

すると私に「今からボイラーに火を入れるが、やるか?」などと声をかけてくれるので、当然私は「やるやる」ということになる。炉内にまず紙を入れ、火を着け、そこに小さな木切れを投入し、火を少しずつ安定した大きなものにしていく。ある程度安定した燃え方になると、さらに大きな木を投入するのだが、そのときに「僕、そこの木を投げ込め」と言われるので、放り込む。さらに安定してくると、今度は石炭を放り込み、ボイラーを立ち上げていくことになる。その状態になると、おじさんはもうやることがなくなるので、「帰るわ」と言って引き上げていく。

この経験は、後にボイラー整備士やボイラー技士の資格を取ってやった仕事にいろいろ役立った。

私が20代の若者だった頃、定年近い上司が昔話を始め、「昔のボイラーは石炭をくべて立ち上げたので大変だったんだが、今の若い者にはわからんだろうなあ」と言ったので、私が

SLの石炭焚きをしたことや、石炭ボイラーを立ち上げた経験を話すと、なまじ的を射ていただけに上司としてはいささかプライドが傷ついたのか、二度とその話をすることはなかった。

そんな私でも、出る幕がなかったものもあった。駅で、貨物取扱いの建屋工事をやっていたときで、これまたおじさんたちのやっている作業が面白そうだったため、近くで見学していたのだが、これはドラム缶にコークスを入れて真っ赤になるまで火を熾《おこ》し、その中にリベットを入れてこれまた真っ赤になるまで焼く。そのリベットを火ばさみで掴み、建屋上にいる人に投げ上げる。上にいる作業員は小さなバケツでそれを受け、はさみで掴んで鉄骨の穴に入れると、エアーハンマーでリベットを潰し、鉄骨を締め付ける。当時はボルトで締めるというやり方がまだなかったため、これが最良の方法のようだった。さすがにそんな危険な作業を子どもにさせるわけもなく、このときはひたすら見学。

ということで、私には他にも沢山の経験談があるのだが、こういう子どもだったから、被弾する現場にいたのだろう。こう考えると納得できるのである。

7　新たな思い

手術で摘出できなかったことで、親はその後も私の身体を案じ、いろいろな人に聞き合わせていたようだった。あるとき、今治市の病院に腕の良い先生がいるとの情報を得て、翌昭和33年の春、私は父と祖母に連れられ、３人で出かけたことがあった。私には初めての遠出で、当時黒煙を上げながら走っていた蒸気機関車に乗っていった。

今治の駅で降りるとバスの連絡が悪く、タクシーに乗ることになったのだが、これも私にとっては初めての体験で、車種がトヨタのコロナだったことを鮮明に記憶している。

しかし、今治の病院は名前も覚えていないし、診察のようすも一切覚えていない。

当時の診察はどこに行ってもレントゲン撮影から始まり、体内に銃弾があることは確認しても、その摘出に向けての期待できる内容はなかったようで、医師としては、特に問題もないようだから、無理に摘出しなくても、問題が発生すればその時に対応すれば良いのではないかという話のようだった。

親にしてみれば、焦燥感と先が見えないことへの不安を募らせただけの結果になった。

8　祈祷師のお告げ

この時期、両親は出口のない話に閉塞感があったのか、苦しい時の神頼みで町内の祈祷師のところに行くようになった。

このときは、幼少であった私も当時の様子をよく覚えていて、今でも思い出すと笑ってしまう。

その場所は青森県の恐山のような山の上ではなく、国道沿いの普通の民家の二階にあった。6畳と8畳程度の二間には、何かの神を祀る3段ほどの棚があり、上部には鏡と供え物を置き、四方に竹を立て、御幣《ごへい》を付けた注連縄《しめなわ》を巡らせてあった。そして祈祷師の座る前に護摩《ごま》木《ぎ》を焚く小さな火鉢のようなものが置いてあった。

祈祷師は40代くらいのやや太めの女性で、髪は長く、インパクトのある容姿だった。衣装は白装束で固め、神がかり的な雰囲気を醸し出していた。

私は母親と神妙な顔をして座っていたが、変なおばさんが何か面白いことをしているぞという感じで、気持ち的にはしらけていた。

しかし母親は真剣で、息子は手術を受けたほうがいいのか、このままにしておいていいのか占ってほしいと言った。祈祷師は話を聞くと祭壇に向かい、何か呪文を唱えながら割り箸ほどの護摩木を焚き始め、呪文を唱え始めた。その終盤、祈祷師は雄叫びをあげると同時に失神状態になり、ぐにゃぐにゃとつぶれて横倒しになった。すかさず、もう一人の付き添いの女性が祈祷師の体をゆっくり起こしていくと、祈祷師は神のお告げということで、他人の声の感じで喋り始めた。そして話し終わると、付き添い人が喝《かつ》を入れ、祈祷師を目覚めさせた。目覚めた祈祷師は先ほど言ったことはまったく記憶がない、普通の人に戻っていた。

私はこの一連のしぐさを、お菓子を食べながら見ていた。そのお菓子は、蛤《はまぐり》の中にニッキ（肉桂《にっけい》）の味が付いた飴のようなものが入っていて、二枚貝の蓋で削りながら食べるものだったが、その不思議な味とともに、この時のなんともいえないしらけた感じが深く心にすり込まれた。

この経験から、大人になってもこの手の祈祷は真剣なものには受け取れず、テレビのおふざけバラエティー番組のようにしか思えなくなった。

ちなみに祈祷師のお告げは、手術をすればうまくいく、というものではなかったようである。現状で問題なく元気にしていれば、今さら手術などしなくてもいいという内容で、親にしてみれば、今治の医師の言う通りだという思いをさらに強めたのではないかと考える。

いずれにしても、起きた事態に対し、親として少しでも安心の気持ちを得るために行ったものだったと思う。

9　27歳に死す

小学校、中学校、高校と時は流れ、私は社会人になるまで銃弾のことはほとんど考えることなく生活していた。ところが、なぜか25歳の頃、体内にある銃弾の影響で死ぬのではないかという勝手な思い込みが生じ、日々自分を苦しめた。

ある年、会社で健康診断を受けたとき、社内の診療所に呼び出され、医師がレントゲン写真を見ながら、「胸に映っているこの白いものはなんですか?」と尋ねたので、私は「これは鉛の銃弾です。幼少の頃事故で入り、摘出手術を受けたのですが、取り出せず、現在に至っています」と説明した。医師は「今の医療なら摘出できますがねー」と言うので、私はそれに対する答えを言わなくてはならないのだが、日々悩んでいるわりには、不思議に「どうすれば良いですかね」という会話が出ることもなく、摘出するという考えにも至らなかった。かと言って不安がないかというと、常に不安はつきまとっていて、銃弾が肉体の拒絶反応で体内から押し出され、途中、肺などの臓器を傷付け、危ない状態になるのではないかという勝手な思い込みが心を占めていた。

そんなに心配なら、助言した医師に相談なりなんなりすれば良いようなものだが、私には幼少の頃、手術に失敗したという認識が残っていて、気持ち的に中途半端な、煮え切らない行動になっていたようだった。

なぜ27歳で死ぬのか？　これには理屈がない。突発的に自分の気持ちの中に出てきたもので、それまで月日が流れ、年を取っていくなかで、慌ただしさに掻き消され、考える暇すらなかったものが、生活も経済的に安定し、ある意味ゆとりができてきて、結婚を考える27歳あたりに近づくにつれ、突然銃弾が体内にあることが意識に上ってきたのではないか。

今考えると、何か馬鹿げた話であるが、自分に起きた悲劇が潜在的にメモリーされていて、知らず知らずの内に悩まされていたわけで、なんとも不思議な感覚である。

その悩みは、昭和55年に結婚話が持ち上がってきた時にも出てきて、もし銃弾の鉛が溶け出してくれば、生まれる子どもになんらかの影響があるのではないかと、具体的な恐れとなって私の心を支配し始めた。

なぜならこの頃、ダイオキシンが混入したカネミ油症事件や、イタイイタイ病と呼ばれた富山のカドミウム汚染、森永ヒ素ミルク事件、また、水銀中毒による水俣病などさまざまな公害病が起き、大きな社会問題になっていた。素人考えではあったが、鉛の銃弾が自分の体に及ぼす影響をにわかに認識し、そうした公害による悲惨な被害をわが身に置き換え、おののいていたのである。

ともあれ、それは専門病院に行きさえすれば解決する話なのだが、なぜか私は行動せず、びくびくしていた。それは検診を受けない人たちの心理に似て、なまじ検査して、何か悪いところがありますなどと言われたらどうしようかという話に似ていたかもしれない。

私は日々生活するなかで、強く意識してびくびくしたり、かと思えば、まったく脳裏から消えてしまった状態にいたりして、時だけが流れていった。

だが、当初死ぬと思っていた27歳はあっけなく過ぎ、なにごともなく去っていった。

10 検診

サラリーマン時代、会社の定期検診は毎年受けていたが、医師やレントゲン技師から胸部の白いもの（銃弾）の指摘を受けたのは一度きりで、なにも疑問を持たれることもないまま過ぎていった。

もしこれが、検診のつど聞かれたりすれば、心理的に動揺する要因になっていたに違いない。その意味では、自分的に助かったと思っている。

ただし、レントゲン写真を見る機会があるときは、銃弾の位置をしっかり確認していた。もし移動したりしていれば大変なので、そこだけはしっかりチェックを入れていたのである。

年齢的にも30歳あたりになると、ある程度冷静に落ち着いてものごとが見られるし、判断できるようにもなっている。銃弾が体内で移動していないことが確認できる限りにおいては、私も心理的に安定していた。

人間、一生のうちには誰しも大怪我をするとか、大病をするといったことを経験すると思っており、私の場合、子どもの頃に自転車で車と衝突したり、竹竿が顎へ突き刺さったり、大人になってからはバイクに乗っていて転倒し、口の中を7針縫ったりしたことがあった。また、3日間徹夜のような仕事で倒れ、過労死寸前まで行ったり、耳下腺炎（おたふく風邪）をこじらせて緊急入院したり、窓ガラスを突き破って顔を縫ったり、自動車道を時速100キロで走っていてガードレールに激突したこともあったのに、運良く生き延びている。いずれも、一歩間違えば死んでいても不思議ではなかった。

こうした数々の受難の中でも、私にとって最大の危機が被弾であったと思うのだが、私はその銃弾のありかを、時に意識したり、しなかったりしながら、弾と共に人生を歩んでいた。

第2部 ヘリコプター操縦に挑む

11　夢は空へ――航空従事者への挑戦

私は小さい頃からメカ的なものが好きで、見るのも好きなら、いじるのも好き、また、そういったものを作るのも好きだった。

高校を卒業後、私は横浜の金属表面処理会社に就職したが、科学物質などを取り扱うことから不安もあり、三重県にある自動車やバイクを生産するホンダに入ることになった。自動車メーカーとはいえ、直接ものづくりをする現場ばかりではない。私は塗装部門・動力源供給部門での勤務を主に頑張ってきた。

そのなかで仕事に関係のない遊び心のある挑戦もさせていただき、大いに楽しませてもらった。これは、ホンダが従業員から新しい遊び的アイデアを募集し、採用されたアイデアに会社がお金を出し、形にする「オールホンダ・アイデアコンテスト」なるものだった。

私はこのコンテストで、変わった自転車を作ったり、垂直離着陸航空機を作ったりした。変わった自転車とは、ミニミニ変身自転車といい、通常の自転車が状況に応じて前2輪の3輪車になったり、折り畳むとベビーカーになったり、はたまた、フロートと水車をつけて水上自転車になったりと変身するもので、これはコンテストにゲストとして来られていたソニーの井深大《いぶかまさる》氏の評価で「ゲスト賞」をいただいた。昭和50年頃のことである。

「オールホンダ・アイデアコンテスト」で、私たちのチームが製作したミニミニ変身自転車が「ゲスト賞」をいただいた。

自転車の専門誌にも掲載された（昭和50年７月）。

立っている手前の人物が私。（鈴鹿サーキットにて）

また、垂直離着陸航空機という一人乗りの飛行物体も考案した。これは、四方にプロペラを配したかたちで垂直に離着陸し、空中で水平移動する。そのエンジンには、バイクのエンジンを使った。ただし、あくまでも限りある予算と素人的技術力によるものだから、形にはできたものの離陸はできず、ましてや飛行するなんてことは土台無理、という作品であった。

現在ではオスプレイをはじめとする垂直離着陸航空機があり、私としては興味ある航空機になっている。

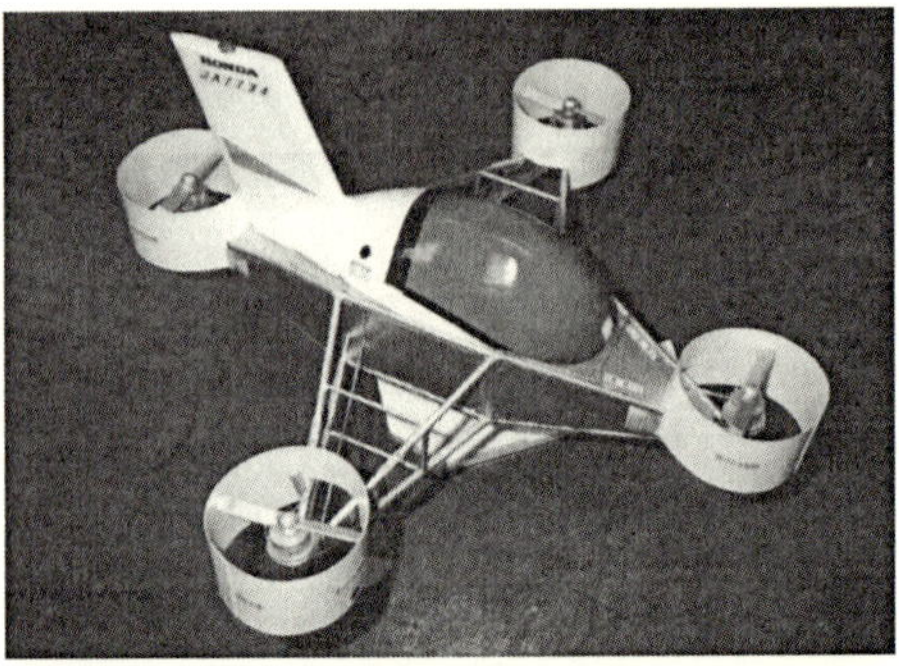

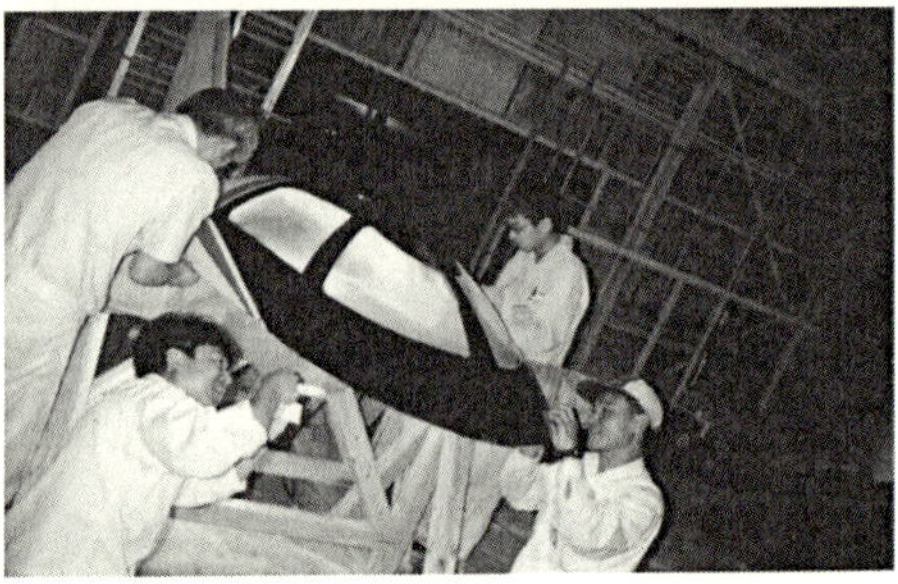

完成模型と、製作中のチーム。楽しかった日々。

あるいは、ドローンのはしりといっていいかもしれない。

昭和50年のアイデアコンテストでは、創業者の本田宗一郎氏と話をする機会があった。取り巻き連中の声も聞かず、我々の製作した自転車を、手を油まみれにしながら目を輝かせていじりまくる姿に感動したものである。世界のホンダの創業者とは考えられない、ま

コンテストの作品「垂直離着陸航空機」。バイクのエンジンで四隅のプロペラだけは回ったが、パワー不足で、むろん離陸はできない。

るで子どものような年寄りの姿に驚かされた。

本田氏との話も、今となれば大いに人生の教訓になったように思う。人間、仕事のみではダメだ、仕事以外の人生も必要だ、というのが氏の持論だとか。

そんな影響もあったのか、昭和62年の春頃だったと思うが、近所の河川敷でラジコンヘリコプターを飛ばしている人がいて、なんとなく見ているうちに、これは面白そうだと思った。根っからのメカ好きに火がついて、自分もラジコンヘリコプターを購入し、のめり込むこと2年。しかし、やればやるほど実機に乗ってみたい、操縦してみたいとの気持ちが強くなったのは自然のなりゆきか？　これは理屈ではない。私と同世代の男性たちが、小さな頃から空を飛びたい、ひいてはパイロッ

八尾空港

トになりたいと憧れるのは一般的なことで、私もそこにひとつの夢を見つけたのである。
かと言って、ヘリコプターを操縦するには、当然、車のように免許が必要とは思いつつも、さて、その免許はどうすれば取得できるのかというと、まったく実態がわからない。そうこうしている内に、ラジコンヘリコプターを共にやっている友人が、「俺はライセンスを取得する」という話で、聞いてみると、大阪市の八尾《やお》空港内にパイロットを養成する学校があり、そこに行くことになったという。その話から、パイロットへの道筋が見えてきた。
しかし、私の仕事は三交代の不規則な生活のうえ、養成学校に入るような金もない。そこで、難しくても独学の道を選ぼうということになった。妻には、「私の夢だから」ということで同意を得たが、それは34歳の私に過酷な3年間を歩ませることになった。

12　航空身体検査

これからヘリコプターの操縦免許を取るにあたって、まず自分自身の身体が航空機の操縦に適合しているかを判断してもらう航空身体検査を受けることになる。

この航空身体検査は、大きく分けて第1種の事業用（営業を目的とした航空機の運航）と、第2種の自家用（営業報酬を伴わない運航）の二つがあり、私の場合は趣味的操縦なので自家用になり、この身体検査は1年間の有効許可を得ることができる。

ちなみにラインのパイロットは半年に1度であり、しかも、内容的にさらに細かく制限されていて、航空機の安全運行が確保されている。

さらに、昭和57年における羽田空港着陸機を機長が逆噴射操作したことによる墜落（日航羽田沖墜落事故）で身体検査に見直しがかかり、さらに厳しいものとなっている。この時機長は、厳しい運行管理による精神分裂症と判断された。

ここで航空身体検査について少し話をすると、基本的には先に述べたように、航空機に障害のない健康状態であることをチェックするもので、国交省（旧運輸省）の基準をクリアしなければならない。

1　一般的事項で、身体の四肢に航空業務に支障を来す機能障害がないこと等々
2　呼吸器系
3　循環器系
4　消化器系
5　血液及び造血臓器
6　精神及び精神系
7　運動器系
8　腎、尿路、生殖器系
9　眼
10　視機能
11　耳鼻咽喉
12　聴力
13　口腔及び歯牙

14　総合……航空業務に支障を来すおそれのある心身の欠陥がないこと。

航空身体検査のチェック項目はかなり広域に及ぶが、第２種の自家用では通常の生活が営める健康体である限り、ほとんど問題なくチェックをクリアできるようである。

私の場合、銃弾が胸部に入っているので、自分では胸部レントゲン撮影で異物が確認されたら、なんらかの問題があるのではと思っていたのだが、結論として問題なくクリアできた。

当時私は34歳で、被弾からすでに30年近く経過し、医学的に障害があると問題視するほどではなかったのかもしれない。現在ライセンスを取得してから30年を経過しているが、その間、国交省認定の航空身体検査指定機関を５カ所も変わって検査してきたわけだから、検査項目からしても、本当に問題なしと考えてよいのかと思ったりもする。

13　航空機操縦練習許可書と学科試験

最初の身体検査基準をクリアすることで、航空機操縦練習許可書というものが発行され、1年間有効の航空機への練習搭乗が認められる。これでヘリコプター実機での操縦練習が一応できるようになるが、あくまでも教官に同乗していただいてという訓練になる。

1年間でダメな場合は、再度航空身体検査を受けて、航空機操縦練習許可書を更新する必要がある。

やることは多くあり、学科試験（航空工学・気象学・通信・航法・航空法）の5課目にパスしなければならない。ただし、全科目合格しても、有効期間は1年間（昭和63年当時）なので、年2回の試験で全科目にパスしなければ有効期間が少なく、実技試験における時間も少なくなって大変なことになる。学科試験をクリアしてこそ、実技試験が受けられることになる。

それと、実技訓練は機体と教官なしには成り立たないが、私の場合、まずは学科試験への挑戦のため、参考書や問題集などを集めるのにグループ会社のひとつである航空会社（本田航空）に問い合わせをしたり、大阪伊丹空港内にある関連書籍を取り扱う店で資料を揃えたりして、独学的に勉強することになった。

さらに航空機を運行するにあたっては、空港の管制塔からの許可や指示なくして飛行はできない。そこで必要なのが無線の資格である。自家用のレベルだと、特殊無線技士（無線電話丙）を取得しなければならない。

この資格は、当然試験で取得できるが、講習試験でも取得可能となっているので、私は3日間の講習を受けることにし、大阪の親戚宅にお世話になりながら神戸の会場まで通い、取得することができた。

仕事が三交代という生活のなかで、特に夜勤明けは時差ぼけ的な状態になり、勉強しようにも頭に入らないし、入ってもすぐに忘れてしまうなど、熱意はあっても思うようにはならないかと思っていたが、好きこそ物の上手なれとでも言うのだろうか、自分の腕で空を飛んでみたいという気持ちの方が強く、日々の生活の時間をうまくやりくりすることで、なんとか進めることができた。

たとえば、三交代のうち朝早い勤務だと夕方早めに帰宅できるから、夕食までの2時間にみっちりと勉強。昼からの勤務だと午前中に勉強。夜勤時は思考力が落ちていることもあるため、夕方に軽く勉強というパターンで行うことにした。

人生のなかで、このときほど勉強というものに真剣に取り組んだことはなく、人間やる気になれば、それなりになんとかなることも学び取ることができた。

また、この時の猛勉強をきっかけに、ヘリのライセンスを取得後も専門書を開き、何か勉強しなければ落ち着かない生活になり、会社でも職種的に必要な資格を増やすことができた。

試験勉強は、まずは気乗りする雰囲気を自分なりに盛り上げるとでも言おうか、気合いを確保すれば、あとはなんとかなるような気がして、新たな自分を発見することにも貢献した。

ちなみに、現在所持している資格は以下のものである。

クレーン運転士
移動クレーン運転士
玉掛技能講習終了者
ボイラー技士（1級）
ボイラー整備士
第三種冷凍機械製造保安責任者
第一種電気工事士
ガス溶接技能講習修了者
消防設備士（甲―1）
危険物取扱者（乙―4）
特殊無線技士（無線電話丙）
アマチュア無線技士（第4級）
フォークリフト運転技能講習修了者
車両系建設機械運転技能講習終了者（整地・運搬・積み込み用及び堀削用）
防災士

食品衛生責任者
自動車免許証（2輪・4輪）
小型船舶操縦免許証（2級）

14　初操縦体験

航空機操縦練習許可書・特殊無線技士・学科5課目を確保。あとは訓練を行い、実技試験を受けるために必要な飛行時間である法的最低時間の40時間を確保すること（昭和62年当時）となった。しかし、現実、その飛行時間での仕上がりは難しく、70時間程度までの訓練が必要とされるようである。

昭和62年7月6日、私はついに生まれて初めて航空機（ヘリコプター）の操縦をする日を迎えた。

当日操縦する機体は、これからの訓練でお世話になるアメリカ、ロビンソン社のR22という2人乗りのヘリコプターである。

■R22というヘリコプターについて

ロビンソン式R22型機は、昭和56年秋、アメリカから導入された2人乗り小型ヘリコプターで、安全性の高い高性能なヘリコプターである。

機体の整備性に優れ、それにすばらしい空力特性は、最大巡航速度110マイル（176㎞）を得、かつ燃料消費量は1時間当たり7ガロン（約27リットル）と経済性も高い。

このことにより、運行経費が非常に低くなっており、我々自家用パイロットを目指す者たちにとっては、ライセンス取得金額も下がり、なんとか教官付きで機体をチャーターできることにもつながった。

航空機操縦練習許可書（航空身体検査含む）・学科試験5課目達成・特殊無線技士のすべてを確保して、これ以降ひたすら実技訓練に邁進し、すべては実技試験に向けて頑張るとはいえ、これからがまた苦難の始まりでもあった。

先にも述べたように、自分としてはラジコンヘリコプターを飛ばしていることで、操縦感覚というか、イメージは出来上がっていると思っていたので、いとも簡単にできると思いきや、そんな安易な自信は初飛行の体験で完全に飛んで行ってしまった。

ラジコンヘリはホバリング（空中停止）から始まるが、実機は上空飛行から始まる。というのも、ラジコンの場合はホバリングができない限り、上空に上げることができない。上げてしまえばコントロールできず、墜落するしかないから、ひたすらホバリングを練習し、地面を這いずり回って機体を壊すこともしながら上空を目指すことになる。

ラジコンヘリは所詮模型なので、破損しても人的被害があるわけではないし、修理すれば簡単に元に戻る。愛好家にとっては、それも楽しみのひとつのような感じになっている。

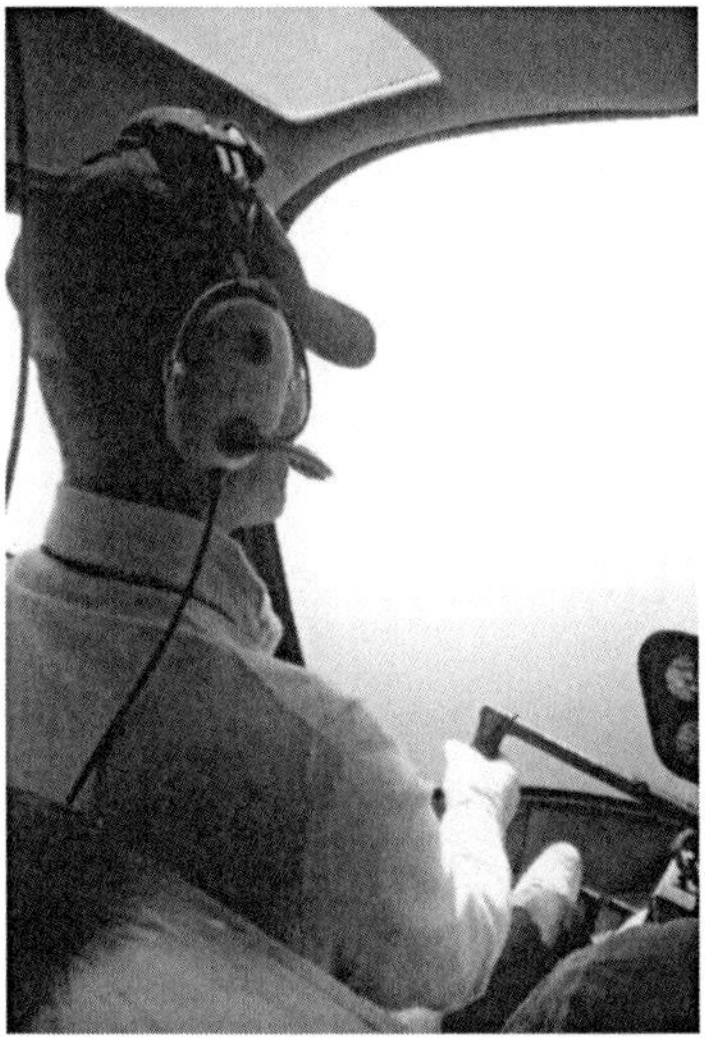

しかし、実機は危険な操作をして機体を損傷させるわけにはいかない。練習生に操縦桿を持たせ、難しい地上付近のホバリングをさせることなどあり得ないのである。それでも、何千万円とか、機種によっては何億円もする機体を損傷させるアクシデントが、訓練の中で起きている。

練習生は、上空の余裕ある高さの状態で、まずは教官の持つ操縦桿と同じものを同時に持ち、教官の操作する動きをコピーすることで学び取っていく。

15 訓練項目

訓練は当然実技試験に合格することを前提とし、決められた種目をこなしていくことになる。各訓練課目を列記すると次のようになる。（*自家用の場合）

慣熟飛行

まずはヘリコプターという飛行物体に慣れる。初めて間近に目にするものであり、まったく通常の生活では触れることはないので、操縦装置にしても、計器パネルにしても、どうして良いものか、またどう見て良いものかまったくわからない状況である以上、すべて慣れることが第一となる。

さらに操縦と同時に、管制塔との交信も必要であり、空港周辺（空港を中心として管制圏内約9キロ四方圏内）においては、管制塔の指示のもと飛行することが義務付けられている。これらすべてを、教官の指示のもと、コピーするように覚えていきながら自分のものにしていく。

水平飛行

水平飛行は上空で方位（コンパスの磁方位）や目標物に向けて、機体の速度・高度などを安定させせながら飛行する状態をいう。

最初の頃は、方位や目標部は定めていても、どこかに向いてしまう。速度も速くなったり遅くなったり、高度も上がったり下がったりと、でたらめになる。

練習機の場合、通常速度は80ノット（時速約150キロ）だが、当初はプラスマイナス20ノット程度前後し、高度は1000フィート（約300メートル）のところ上下に30フィート（約9メートル）程度は動くことになる。

これが同時に起きるわけだから、言って見ればめちゃくちゃな状態で、とても快適な飛行物体ではなく、本人は必死で、教官にすれば恐怖の状態になっている。

（1ノットは毎時1852m、1フィートは0.305m）

上昇飛行

上昇飛行は、地上から上空に上がっていく状態だが、飛行機と違ってヘリコプターはその特性上、若干の操作が必要になる。

地上においては回転している翼、つまり回転翼が地面に対して平行であるが、前進して上昇するには回転面を前面に傾ける必要がある。すると、回転面の吹き下ろしの、地上とのエアークッションが減少し、若干高度が落ちることになるので、回転面のローターの迎え角を上げ、揚力を上げる操作が必要になってくる。

対地速度ゼロから前進していくと、今度は回転面に転移揚力が発生し、急に高度が上がっていく。そのあたりの操作を滑らかにしていかないと、機体は波打ったように上昇することになるため、機体の動きの変化を敏感に感じ取って操作することが要求される。

ホバリング

ホバリングとは、空中の一点に留まることである。ヘリコプターの最も特徴的な飛行姿勢で、ホバリングに始まってホバリングに終わる、というくらい大切なものになっている。

一定の高度保持・前後左右移動なし・機首方向変動なし、という文字通り空中に釘付けの状態で、これが完璧にできてこそ、着陸や、特に災害や事故などにおける救助時の信頼性につながる。ホバリングが不安定では、救助などで吊り上げられる人たちは危険なことこの上ない。

しかし練習当初は、嵐で小舟が揺れまくる状態に近く、暴れる機体を押さえきれず、ますます暴れさせるようなことになる。

例えば機体を上昇させ、1・2メートル程度の高さに留めようとしても、上がり過ぎたり下がり過ぎたりで、前後左右も前に行ったり、後ろに行ったり、左に行ったり、右に行ったりする。本人は必死で操作しているのだが、定点に留まっていることができず、教官がさりげなく操縦桿をサポートすると、ピタッと止まる。ロデオの馬が、厩舎《きゅうしゃ》にいる馬の如く、快適なものになるのである。しかも私は必死で操縦桿を握り、機体の前のどこを見ているのかわからないくらいの感覚なのに、教官はまったく機体の外をよそ見しているような雰囲気で操作し、それにもかかわらず、機体は空中に釘付けされている状態である。習うより慣れろ、という感覚かと考えた。

これは後にわかったことだが、機体がどう動くかを身体で素早く感じ取って操作することが大切だと理解した。例えば、前に動きそうだと思えば後ろに舵を操作し、左に流されそうになれば、右に舵を操作する。つまり、機体が動いてから操作するのでは遅いのである。これに風の強弱・方向・地面の状態・外気温度などを考慮してやるわけだが、これが自分のコントロール範囲に入ると、非常に快適な面白い乗り物になる。

ホバリング旋回

ホバリングが完成すると旋回に移るが、よほど風が強い場合や、ムラがない限り難しいものではなく、機首を正確に振って左右に旋回することができる。

垂直離着陸

機体が地上接地状態から浮き上がり、前進速度を付けながら上空へ離陸していったり、上空から降下しながら着陸ポイントにおいてホバリングしながら着陸する状態で、確実に垂直方向の安定した飛行姿勢が求められる。

地上滑走

ホバリング状態による移動で1・2メートル程度の高度を維持しつつ移動する技量で、ヘリコプタースポットから離陸し、滑走路までの誘導路をホバリング状態で移動したり、着陸後のスポットに帰ってきたりする時も同じである。これも、ホバリング技量がしっかりしてないと、きれいな飛行姿勢にはならない。

四角飛行

当飛行は、地上ホバリング状態で、「機首一定」と、「機首4方向」の2つがある。10メートル程度の四角い枠を想定し、機首一定は、機首の方向を変えないで四角の辺の上を飛行する。

右回りでも、左回りでも良いが、機体の回転翼の回転方向で、操縦感が違ってくる。ロビンソンという機種の場合、回転翼は左回転だから、機体は左に移動していくほうが、特性上安定した動きになるが、これを右に移動するかたちを取れば、ややぎこちない動きとなる。これは陸上のトラック競技と同じで、左トラックと右トラックを走ってみると、体感できるかもしれない。なお、機首一定は、風方向に機首を向けていれば、安定した姿勢を維持することができる。

機首四方向は四辺の上の移動時に、機首を90度ずつ変えて移動する。これは風に対して向かい風・横風（左右）・追い風と変化する。したがって風の強い時は、結構難しいも

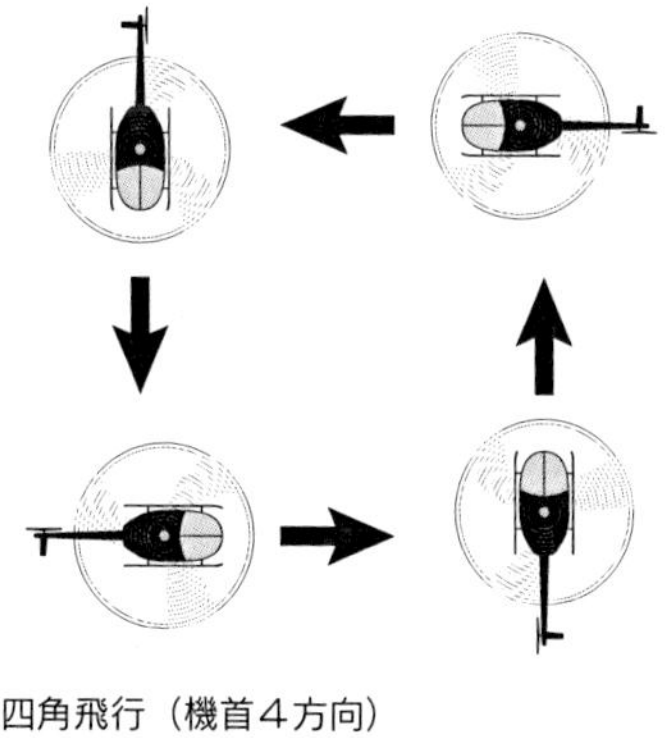

四角飛行（機首4方向）

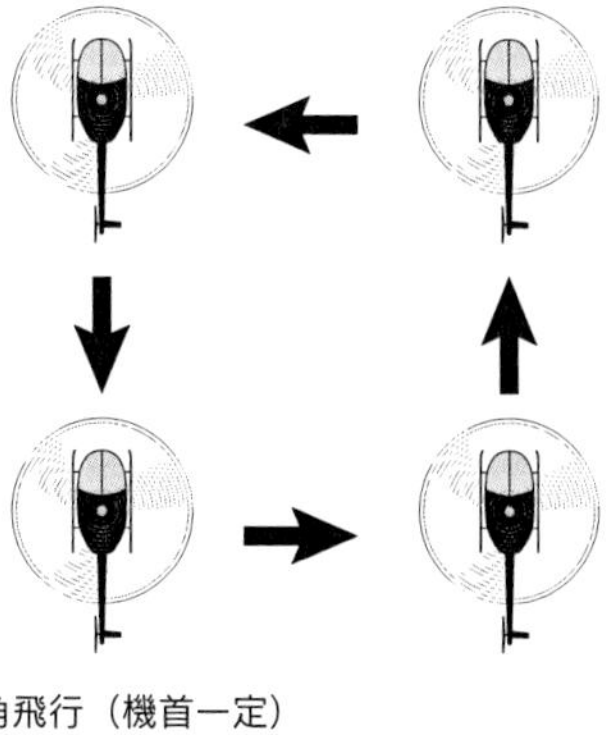

四角飛行（機首一定）

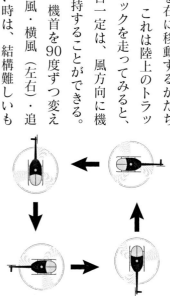

のとなっている。

通常離着陸

滑走路上での離陸から、場周経路飛行をして滑走路に着陸する一連の飛行は、訓練をするヘリの場合、実際に滑走路に接地はしない。あくまでも滑走路上での着陸をホバリング状態でとどめ、これを繰り返す。

場周経路飛行とは、滑走路から左右に四角い形で上空に仮想の飛行経路（道）が設定されている。左右の設定は風などの状況により、管制塔によりライトトラフィック、またはレフトトラフィックと告げられ、飛行することとなる。

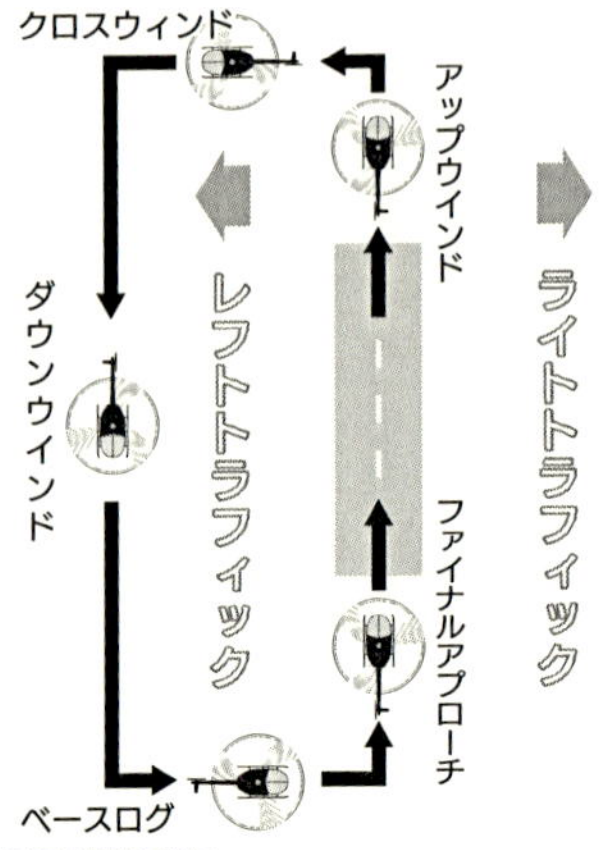

場周経路飛行

四角い場周経路は、滑走路からまっすぐ離陸上昇していく経路をアップウインドといい、八尾空港ではヘリコプターの場合、４００フィートまで上昇すると、レフトトラフィックでは左に90度旋回する。レフトに旋回するとクロスウインドといい、速度80ノット・高度７００フィートまで上昇していく。７００フィートまで上昇後、さらにレフトに90度旋回し、次にダウンウインドといい、80ノット・700フィートを維持しながら飛行する。レフトに着陸の滑走路を見ながら、さらにレフトに90度旋回し、ベースログに入っていく。ここから高度を徐々に降下していき、滑走路のセンターに来るように90度レフトに旋回し、ファイナルアプローチに入っていく。これから高度を350フィート・300フィート・200フィート・100フィートといった具合で、滑走路の着陸点に向かって、高度と速度を落としていき、着陸点でホバリングする。ファイナルアプローチパス角は約8度、場周経路の飛行時間は4分から5分程度である。

急停止（クイックストップ）

急停止は、上空で障害物に遭遇した時などに、接触や衝突を避けるための回避操作のひとつである。ある意味スリリングな飛行形態と操作である。

市街地の地上に対して安全な場所で、高度1000フィートで飛行、前方目標物、例えば煙突とか、大きな建物を選定する。地上での停止目標物を設定する。もちろん、風に対しては向かい風の正対とする。

80ノットで飛行中、急停止開始を発し、操縦桿を徐々に引きながら、高度が上昇しないように1000フィートを維持していく。

当然、機首は上向きの恰好になり、地上風景から空を仰いだ景色になる。速度計・高度計を見ながら速度を殺していく（フレアーする）のだが、対地速度がゼロになる手前で、1000フィートでのホバリング状態にする。

この時、高度1000フィート、速度は上空での風速を指示、停止地上目標の上空確認、前方目標物確認、確認後前進速度を付けていき、通常飛行状態に戻す。

この一連の操作は、最初の頃は機体が仰向けになることにより、恐怖を覚える感じがしたが、慣れるにつれ、スリリングな飛行形態に感動したものである。

旋回（ターン）

旋回とは機体が左右に回っていく形態の8の字飛行であり、ノーマルターンとスティープターンがある。

ノーマルターンは風に正対し、前方目標物を設定、さらに旋回開始の地上目標物を設定、高度1000フィート・速度80ノットで飛行、ターン開始で左旋回から入り、旋回後、旋回開始の地上目標地点から右旋回に入っていく。旋回開始後、開始の目標物の上に戻っていれば旋回終了となる。

この時、左右の旋回に機体の癖が出て、先にも書いたが、ロビンソンR22の場合、回転翼は左回転であり、この左回転が旋回時に機体を巻き込む感じになり、高度が下がってしまう。

逆に右旋回時は浮き上がる感じになってしまう。

こういった癖を理解して、そんななかで旋回中は高度を１０００フィート・速度80ノットを保持することとする。

ノーマルターンはバンク角30度、スティーブターンはバンク角45度である。

当然バンク角が大きくなると、これまたスリリングだし、操作が非常に難しくなってくる。

蛇行飛行
これは字の如く、蛇のようにクネクネと飛行する形態である。

もちろん風に正対し、前方目標設定１０００フィート・80ノット、バンク角30度形としては、前方目標仮想直線の上にＳ字を描くような飛行となる。

左旋回から入って半円を描き、交差直線入り口出口でカウント5秒程度の直線飛行をし、右旋回に入る。旋回中、最初の目標物が真正面に来るように、左旋回をして機体を元の航跡上に乗せる。

あくまでも上空に仮想のＳ時を描くわけだが、うまくいった時には不思議と飛行パターンが感じ取れる。

オートローテーション（直進）

オートローテーションは、機体の緊急時の対応操作形態のなかで一番緊迫した操作を要求されるものである。

発動機の停止や不具合、テイルローター（尾部回転翼）関係の不具合が主なる症状で、突然安全飛行できなくなった場合の緊急着陸操作である。

通常は略してオートロといい、ストレート（直進）とワンエイティー（１８０度）があるが、事業用ライセンスにはスリーシックスティー（３６０度）というものもある。これはオートロ中の旋回の表現を角度で表したものである。

緊急時における風の方向、着地地点の状況により、対応を仕分けることとなり、例えば飛行中、風に正対している場合は、前方の緊急着陸地点を想定し、ストレートのオートロを選ぶこととなる。

オートロの訓練では、発動機を停止することなく、あくまでも停止しているという想定状態で滑空し、地上付近で着陸することなくリカバーして行う。

ストレートオートロの場合、滑走路上空に６００フィート・80ノットで飛行し、オートロ開始と共に、60ノットに減速しながらピッチダウンを行う。その時メインローター（回転翼）は、降下する下からの風によって風車状態に入る。降下中は速度60ノットを維持しながら、メインローターの回転数も計器指示のグリーン内に保持するため、こまめにピッチを上げたり下げたりして調整する。

メインローターの回転数は、R22の場合、毎分500回転ほどである。

降下中は仮想の着陸点に向かいながら、40フィートあたりで機首を上げながら減速し、エンジンをリカバーするのに合わせながら、機体の前進速度を残しつつ4フィートでホバリング状態にする。これで緊急時に接地したということになる。

オートロにおける雰囲気は、最初にピッチダウンした時は、エレベーターで感じる一瞬の無重力状態に近く、滑空降下中はフワーッと飛んでいる感じで、ダイレクト感はない。

ストレートオートロの場合、飛行中、前方から風を受けて（向かい風）いる状態で、しかも前方に緊急着陸予想地（空き地・ゴルフ場・大型の駐車場など）があれば着陸可能だが、そこに人がいた場合は着陸地として選択することは難しくなる。あくまでも状況判断によるが、飛行コースは常に緊急時に備え、考えて飛ばなくてはならない。緊急時でのオートロは一発勝負となっている。

オートローテーション（180度旋回）

飛行中の風が追い風で、緊急着陸地が飛行してきた経路上にある場合は、Uターンするような状況に持っていき、ターンをしてしまえば、後はストレートオートロの状態になるので、速度や緊急着陸地へのアプローチをする。

１８０度オートロの場合は、ストレートに比べ、開始高度を少し上げて８００フィートとする。速度は80ノット。

ただ、この緊急時のオートロ操作は、ある一定の条件が指定してあって、その条件は機体ごとに違っている。制限高度、速度包囲線図といわれるもので、別名デッドマンズカーブという。つまり、機種ごとに決まっているなかで運用しないと、緊急時は死ぬということを意味している。

縦軸に高度、横軸に速度となっており、平坦な固い地面、無風が条件。ロビンソンの場合、最大パワーオンＲＰＭ（１０４％）ということになっている。

例えば、上空飛行時に高度が３００フィートで、速度がゼロのような運用をした場合は、緊急時において前進速度をつけられず、オートロに入れることができないまま墜落するということになる。この場合でも、速度が60ノットあればすぐにオートロに移行できて、軟着陸することができる。

また、高度25フィートで、速度が80ノットの場合は、低高度なので緊急時に速度を減速し切れず、地面に激突することになってしまう。結局、常に緊急時を考え、高度・速度共に危険な包囲線図の中に入らないように運用することが大切だということだ。

オートローテーション（ホバリング）

ホバリング・オートローテーションは、地上から1・5メートル程度の高さでホバリングをしている最中に発動機停止などが起きた場合、緊急接地を行う操作である。

ホバリング中、ロビンソンのような小さい機体で、回転翼に慣性の少ないものは、発動機が停止すると機体はすぐさまドスンと落ちてしまう。機体がドスンと落ちないよう、軟らかく着地させるためにする操作がホバリング・オートローテーションである。

操作としては高度がないので、まばたき程度の時間しかない。そのまばたき程度の時間に、回転翼のピッチアップ（向かい角を上げる）操作をし、しかも機体が回らないようにラダーペダルを踏んで尾部回転翼も操作する。

これを適切にやるかやらないかで、地面にドスンと降りるか、ふんわりと降りるかになる。訓練で発動機は止められないので、スロットルを搾って模擬的状況を作って行うが、やや前進速度をつけておくとうまくいく。

これは私にとって、最後まで成功率の低い訓練項目だった。言うなれば〝苦手な操作〟である。これは試験官によっては大変怖い試験課目だったそうで、この課目になるとパスする試験官までいたという。現に、当時一緒に訓練をしていた人が、大きな機体（価格1億5千万円）をハードランニングさせ、回転翼で後部胴体（テールブーム）を切ってしまう事故を起こした。

ちなみに私の担当試験官は、パスするような人物ではなく、とんでもない経歴を持つ人だった。

野外航法

これはヘリコプターによるクロスカントリー的なフライトで、A地点からB地点への移動飛行の途中へリポートに着陸する、1時間程度の飛行である。

事前にフライトプランというものを作成し、各所ポイントに時間通り通過・到着し、途中、高度・速度・針路の保持ができているか、航空機支援管制システムなどが利用できるかなど、パイロットとしての総合的な技量を問われる課目である。

単独飛行

同乗の教官がいない、まったくの1人でのヘリコプター操縦である。

実技試験を受けるためでもあるが、当時は法的に全40時間の中に2時間以上の単独飛行が義務づけられていた。

したがって、試験を受けるためにはどうしても越えなければならない訓練と試練でもある。生まれて初めて乗る航空機を、25時間程度の練習を経て、単独で操縦するわけだから、かなりの精神的緊張を強いられる。しかし、これを越えないとパイロットへの道は開けない。

考えるに、自動車では免許を取得する前に単独で路上運転をすることはない。そう考えると、航空機はなんと恐ろしいことかと考えてしまう。しかし、それだけ空を飛ぶ者は責任が重いということである。
○参考文献　「ヘリコプター操縦のABC新版」イカロスムック
［注］訓練項目や実技試験などの詳細な説明は、各種文献が発行されているので、関心や興味ある方はそちらを参照していただきたい。

16　空飛ぶ者への厳しさ

あれは、飛行時間が累計5時間程度になった頃のフライトだったと記憶しているが、衝撃的なことだったにもかかわらず、訓練日誌にも残してないし、日付もわからなくなっている。

私はいつも通り、飛行場管制圏外（空港から約9キロ以上外）への訓練のために八尾空港を離陸。ランウエイは27、つまり磁方位が270度で、八尾空港から大阪湾に出ていく方向で水平飛行に入っていた。

いつものように高度・速度・針路を指示されたように操縦していたつもりだったが、教官にいきなり機体後ろの旋回を操作する操作ペダルを蹴られてしまった。当然、小さい機体だから、嵐にあった小舟の如く上空で木の葉のように揺れる。私は起きたことがわからず、必死に機体を立て直した。顔面蒼白、身体から汗が吹き出し、必死である。立て直しの操作をするものの、なかなか元に戻すことができない。心理的に動揺して、5時間程度の訓練生の操作では危ない状態となった。

その動揺している時間は、私自身には長く感じられたが、実際は数秒程度だったと思われる。揺れる機体は、教官がいとも簡単に立て直して元の飛行に戻った。

教官は言った。

「死ぬのが怖いか！　牧野君の操縦は先が見えてない。どこを向いて操縦しているのか！」

私は、この経験からずいぶん多くのことを考えさせられ、いろいろと思考・冥想するなかで大きく成長できたような気がした。

自分では、一発の銃弾により、若い頃から死を意識して生きてきたつもりだったが、空を飛ぶことに対しては、今ひとつ覚悟ができていなかったとでも言おうか。何か偶発的なトラブルに遭遇したら、墜落して死ぬのではないかといろいろと考え、自分の頭のなかで作り出した恐怖に怯えていた。民間旅客機は怖いから利用しないという人が時折いるが、その気持ちがわからないではなかった。

もともと私は幼い頃から多少臆病なところがあり、夜トイレに行く時、二つ上の兄から「お化けが出るぞ」などとおどかされると、母についてきてもらわなければトイレにも行けないほどの小心者だった。60年前の田舎の農家は、汲み取り式の便所が家の端にあり、20ワット程度の暗い電灯がついていただけだったから、夜などは暗闇の底からお尻でもなでられそうな雰囲気だったとはいえ、私にはそんな小心者の心理が大人になっても残っていたのかもしれなかった。

教官とのあいだでそんなやりとりがあってから、私はこの恐怖感から逃れるにはどうすれば良いかと考えるようになった。

昔からの格言に「山より大きな獅子は出ない」というのがある。自分なりに解釈したことだが、何か危機的なことが起こり、最悪、墜落した場合、なんとか助かろうと思うから恐怖心に悩まされるので、落ちたら死ぬ！と思っていればいい。そうなのだ。それ以上のことはない。悩むことはないのだ。

ただ、起こる事態に対してベストを尽くすことを忘れてはならない。だからこそ真剣に訓練に向かう必要があるのだと、思い知った。

また、この時、教官が怒鳴ったのは、若くして戦争に命を掛けた経験があったせいではないかと思う。先の大戦末期、飛行機乗りは、すなわち命を掛けた特攻隊であった。試練を乗り越えてきた人にしかわからない厳しい気持ちを、同じ空飛ぶ人間として私に伝えたかったのではないか……。

17　単独地上滑走飛行

昭和62年12月17日、ついにその日がやってきた。

天気快晴、冬場にしては風の弱い夕刻であった。訓練飛行累計時間26時間17分という飛行経験と、操縦技量である。

ここで、訓練をすることとなった八尾空港のことを紹介しておこう。

八尾空港。大阪の中心部からすると南東部に位置する田園地帯である。昭和9年に現在の原形ができ、それ以来、大正飛行場と呼ばれ、また戦後は米軍の接収により阪神飛行場と名を変えて存続してきたが、昭和31年八尾空港として正式に開設。それ以来、民間機や自衛隊機などを運用する飛行場になっている。

周辺には、北に大東市や枚方市、高槻市があり、西は王子市や奈良エリアになっている。南は富田林市や河内長野市であり、西は大和川の河口で南港方面になる。

滑走路は2本あり、A滑走路は幅員45メートルで長さ1490メートル、B滑走路は幅員30メートルで長さ1200メートルとなっている。

Aラインは、磁方位90度と反方位の270度に向いており、つまり東西に向かって離着陸する。Bラインは、磁方位130度と反方位310度に向いており、つまり北東および南西に向かって離着陸する。

ここ八尾空港では、風の関係からA滑走路での離着陸が多く、私がここで訓練した限りにおいては、B滑走路は補助的なものとなっているような気がした。最初の単独飛行（ソロフライト）でいきなり空港外に飛んでいくことは、技量的・精神的に危険なため、まずは地上滑走という形で移動しながら行うこととした。

事前に当日訓練で単独飛行を想定して、教官と格納庫前のヘリパッドから離陸してグラスエリアといわれる芝までを飛行し、B滑走路にホバリング（高度1・5メートル）飛行して帰ってくる訓練をする。

教官は、その時の私の機体操作とか心理状態を判断し、当日決行するか否かを決める。当日、大丈夫ということなら空港や管制塔関係者に「ファーストソロフライトをやります」と話をして、実施することになる。何かあれば救急車や消防車が出動することにもなりかねないので、事前の段取りが必要なのだ。

生まれて初めてのヘリコプター単独飛行。いくら高度が低くても何かあれば危険度は極めて大きい。私は、期待と喜びと不安と恐怖心が入り交じった複雑な心理状態だった。

しかしこれは、パイロットの登竜門として乗り越えなければならない。機体と同じように、その複雑な気持ちそのものをコントロールすることが要求される。

訓練生の独り立ちを心配気に見守る教官の顔を見ながら、離陸。覚悟を決めてヘリパッドから移動していき、グラスエリアを通過してB滑走路へ。事前に調整しているから移動空間に他機などはいない。いつも通りと思いながら慎重に操作する。何もないでくれと祈りながら、滑走路の末端に到達。そこでホバリングして一時着陸。その場で4回程離着陸の訓練して再び教官の待つヘリパッドに向かう。

飛行時間、わずかに20分。

好き好んでやっていることであり、私にとっては感動的な話のはずなのだが、いまだにこの時の記憶ははっきりしない。緊張の連続で、記憶回路が動いていなかったということになる。

そんなことで人生の初体験は終了したが、一歩ずつ前進していることは確かなようだった。

18　単独飛行の空港での離着陸飛行

昭和63年1月6日。

単独の地上滑走飛行に成功後、空港での管制塔を中心とした場周経路の飛行を行う。1人だけで、空港においての単独離着陸ができるかの訓練をやる。

ひとつひとつ、訓練で技量の確認をし、自信をつけていく。

取り敢えず、離着陸を4回実施して、教官のOKを取った。

19　上空への単独飛行の挑戦

昭和63年1月16日。

空港圏外（約9キロ）への単独飛行は、地上滑走飛行や空港での離着陸とは違ったプレッシャーと、不安と恐怖と期待と喜びの戦いだったような気がする。

初めて1人で空を飛ぶことがどれほどすごいかというと、車で仮免許の人が高速などを使って愛媛から東京まで行ってくるよりすごいと思う。車なら何かあれば路肩に止まれるし、道がわからなければ通行人に聞けば良いが、空を飛ぶことはまったく次元の違う世界である。

ファーストソロフライトはパイロットを目指す人たちにとっては、大きな試練と感動の第一歩であり、これを越えないとライセンサーとはならない。

ソロフライト出発時、機体の前で教官に「ただ今から行ってきます」ということで敬礼をする。その時の教官の目は「何かあったら、いつも教えた通り操作しろよ。死ぬなよ」と言っていた。搭乗経験30時間にも到達していない人間が、緊急時に操作できるだろうかと思ってしまう。なにもないことを祈るしかなかった。

八尾空港を離陸し、大和川を南下して南港方面に、その後、南に変針して堺・貝塚・泉大津・河内長野・富田林と飛行して八尾空港に着陸する。

1人で空を飛ぶという夢の実現もさることながら、現実は不安と恐怖と感動と生き甲斐と達成感を得るという、これまで味わったことのない複雑な心理状態を体験し、そのことによりパイロットとしての心構えを自覚していき、自信を深めることもできた。

結果的に訓練総飛行時間91時間を費やし、学科試験に3度挑戦、実技試験に3回挑戦した結果、平成元年7月6日に自家用操縦士技能証明書を取得した。

限定事項　回転翼航空機

等級　陸上単発ピストン機

昭和62年から平成元年まで、自分としては長い3年間であったが、人生において挑戦するということは、大いに有意義なことであったと思う。

20 担当教官

元大阪府警航空隊隊長、臼井《うすい》一朗《いちろう》。この方が私のヘリコプターの教官である。大阪府警を退官後、八尾空港にある航空会社にヘリコプター操縦の指導教官として再就職されていて、昭和62年、私がライセンスを取得する際、訓練を担当していただいた。

臼井氏に初めて会ったときの印象は、小柄な人ながらガッシリとした体型で、鋭い眼光と威圧感のある雰囲気を持ち、やや近付き難いところもあったように記憶しているが、話せばおだやかな語り口で、妙に安心したのを覚えている。

ここで少し、ご本人の弁も含め、臼井氏のことで私が知っていることをご紹介したい。というのも、臼井氏は戦後の日本において、ヘリコプターに関する歴史そのものであり、〝臼井氏を語らずして、ヘリコプターを語れない〟とまで私は思っているからである。

サングラスをした人物が、大阪府警の航空隊でヘリコプターを操縦していた指導教官・臼井一朗氏。

臼井氏は昭和2年（1927）岡山市西大寺に生まれ、現在93歳。ヘリコプターの生涯飛行時間も19000時間を超えていて、84歳まで現役パイロットして操縦桿を握り、教官時代に育てたパイロットは130名を超え、私もそのなかの1人となっている。

臼井氏は昭和18年の大東亜戦争真っ只中という16歳の時に、大津陸軍少年飛行学校に入り、その後、朝鮮の平壌航空隊に入った。

しかし戦局は悪化し、昭和20年8月15日、臼井氏は平壌で終戦を迎えた。やがて、日ソ不可侵条約を破ってソ連軍が侵攻し、日本兵は主にシベリアなどへ労働力として移送隔離され、長くつらいシベリア抑留生活を送ることとなった。臼井氏の抑留地はナホトカで、ここで港湾建設の土木作業に従事させられたというが、冬場の気温はマイナス30度という厳しいもので、しかも食事も満足なものなどなく、塩辛い魚づくしで、重労働と劣悪な環境のもと、多くの戦友を亡くすことになった。また、共産主義の洗脳教育まであり、終戦後の生活に暗い影を落とすことにもなった。

昭和25年、5年間にもわたる抑留生活から解放された臼井氏は、舞鶴港にて祖国の土を踏むことになった。

昭和26年警察学校を卒業し、泉南警察署勤務となる。

その後、警察に航空隊ができることになり、広く募集が行われた。運頼みのような気持ちではあったが、申し込んでみたところ、100名中の2名に残ることになり、操縦士の道に進むことになった。

昭和20年、アメリカのベル社がヘリコプターなる航空機を初飛行させ、朝鮮戦争で実戦配備して、ヘリコプターの優位性が実証されていた。警察活動でもその優位性が生かされるとして、東京警視庁と大阪府警などに配備されることになったのである。

ベル47Gヘリコプターはレシプロエンジン搭載で、3名搭乗、最大巡航速度146キロ／時の性能だが、当時は狭いところでも離着陸できる航空機として大いに期待され、活躍することとなった。このヘリコプターは大きな風防とトラスト構造の後ろ姿で、大きなトンボが飛んでいるようであった。

当時の訓練は、日本でベル47Gヘリコプターをライセンス生産していた岐阜県の各務ケ原《かがみがはら》にある川崎重工業にて行うこととなった。

臼井氏はライセンス取得後、大阪府警航空隊員となり、大阪はもちろん、近在の当時航空機を持てなかった奈良エリアまでを飛行範囲とした。

ベル47Gヘリコプター

昭和35年7月25日、ヘリコプターあおぞら1号が配置された。この機体は松山沖の航空機事故での捜索中に墜落するという悲運に見舞われた。

昭和41年11月13日、愛媛県の松山空港沖2・2キロの伊予灘に、大阪国際空港からの乗客・乗員50名を乗せた全日空機（YS—11）が墜落した。生存者0である。

この航空機事故での遺体や機体の回収において、大阪府警からも1機のヘリコプターが参加していた。

捜索においては、複数の航空機が狭いエリアを飛行する状態で、大阪府警のヘリコプターと全日空のヘリコプターが正面衝突し、双方の操縦士ら4名が亡くなっている。事故の原因は、双方が捜索に際し、海面監視に集中

訓練をしていた昭和63年頃。左から私、教官の臼井氏、松原博さん（足摺岬診療所の医師）。

ヘリコプターのメーカー・ロビンソン社のカタログにも登場した臼井教官（左側）。この業界で一目置かれているレジェンドならではだ。

し過ぎていたことによるものと見られた。

そのことから、臼井氏は捜索支援するため、急遽、大阪から松山まで飛行してくることとなったのだが、新居浜上空あたりから雲行きが悪くなり、小雨模様のなか、時間的にも薄暗くなってロストポジション（位置喪失）状態に近づいていた。危機的状態から脱するために高度を下げ、緊急着陸する場所を探すなかで海岸近くの埋め立て広場に遭遇し、墜落を免れた。このできごとは、パイロット生活のなかでも貴重な命拾いをした事例のようで、いつも鷹揚《おうよう》に構える臼井教官も、この話になると妙に小心めいた、神妙な面持《おもも》ちとなった。

松山空港沖での捜索活動は40日間にも及び、大変な思いをしながらのものであったことが、語られた話からも想像できた。最後の遺体はその1カ月後、漁船によって発見され、歯形により本人と確定された。この方は私の実兄のクラスメイトの父親であった。

また、１９６０年代から始まった成田空港事業では、地主はもちろん全学連などの人たちによる空港事業反対闘争が巻き起こった。三里塚闘争と呼ばれ、死者まで出た激しいデモ活動のなかで、全国から集められた機動隊との攻防は熾烈を極め、非常に危険な状態でもあった。そのようななか、大阪府警も機動隊と航空隊により国家的保安活動をしていた。

臼井氏は航空隊のヘリ・パイロットとして、地上でのデモ隊と機動隊との動きを把握し、効果的にデモ隊を包囲したり、逆に隊列が乱れた機動隊員がデモ隊に襲撃されないよう、空から情報を流し続けていたという。

その成田空港は1978年5月20日に開港し、現在に至っているが、地主・国家などの厳しい思いの後に運用されたことを、知っておくべきと考える。

このように、臼井氏は長い飛行経歴で多くの歴史的事件や事故、騒動など貴重な体験をし、三次元的視野を持っておられる教官であった。

21 成人病検診で新事実

昨今の健康ブームもさることながら、年を取ると健康は大きな関心事になってくる。私も、若い時には会社の健康診断があり、会社を辞めてからは、自治体による集団検診などを受けていたが、航空身体検査のなかで、さらに人間ドッグ的な診察を受ける必要があるため、平成23年4月24日、松山市のある検査機関で成人病検査を受けることとなった。

尿検査、血液検査と進むなか、胸部検査も受けることになったのだが、従来の、50年以上お世話になったレントゲン機器ではなく、ヘリカルCTという機器による検査であった。

検査後、医師の前にあるモニターに映し出されている画像は、三次元の立体的に見られるものだった。自分の胸部の内部がリアルに映し出されている。私の目は、肺の状況より、1

発の銃弾のほうに釘付けとなった。

長い間、従来のレントゲンでは感光板に自分の胸を押し当て、背中から放射線を照射して映像を撮っていたから、映像には深みがなく、二次元の上下・左右程度しかわからなかった。そのため、銃弾はあっても、とりあえず安心かといった話に終始していたのだが、立体で胸部内部を正面から脇腹、背中へと移動していくと、なんと銃弾は右の肺の裏にへばりつくように留まっている。まったくの驚きであった。

これで納得できたことがある。半世紀前、私が6歳の時に手術を受けた時、医師は手をつけたものの、銃弾が思ったより肺に近く、しかも身体の奥深いところにあることがわかった。そこに器具を入れるには、肋骨を2本から3本切除しないといけないわけだが、子どもの肋骨を切除してしまえば、大人になってからも障害者的生活を余儀なくされることになる。後のことを考えると、むしろ、このままにしておいた方が良いのではないかと、医師は判断したようで、メスは入れたが銃弾を摘出することなく、手術を終わらせた。

私は摘出しなかったということを親から聞かされたとき、それは手術に失敗したからだというふうに思い込んでいた。

しかし今にして思えば、それは摘出に失敗したのではなく、従来のレントゲン撮影での判断では限界があり、当時は医師が手術のときに掛ける拡大鏡（サージカルルーペ）のようなものもなかったから、子どもを対象とした細かな手術は無理だったのかもしれない。

この銃弾の位置から考えうるに、私は真正面から弾を受け、それが右の鎖骨に当たり、ビリヤードのワンクッションのようにして身体の下に入ったと思われる。鎖骨は丸みがあり、鎖骨のクッションが浅いか深いかによって、前面から受けた銃弾が肺の上段から食い込むか、私のように肺に接触することなく、微妙に肺の裏（背中側）に留まるかに分かれる。

私は20代の頃ビリヤードをやっていたことがあり、先玉に当てる際に後の展開を考えたりする上で、手玉を球で打つ時、先玉に対して薄く（芯から遠く離す）したり、厚く（芯に近い）したりすることがある。その微妙な角度によって、先玉から手玉の転がる角度が全然違ってくる。私はそのへんの難しさはわかっているので、これは奇跡だと思ってしまった。

その考えを巡らせると、正面から受けた銃弾が少し上を飛んだり、私が少し上体をかがめていたりしていれば、銃弾はなにごともなく後ろの建物あたりにヒットして、危なかったなあという程度の話で済んでいたはず。だが逆に、銃弾が少し下になっていれば、完全に胸にヒットし、子どもの小さい肺に食い込んで、即死的な状態になっていた。

また、左に銃弾がそれていたり、身体の移動があった場合、鎖骨のレベルからすると首の頸動脈を貫通し、これまた出血多量で即死状態だったと考えられる。とすると、自分に起きた事故は不幸事なのだが、単に運が良かった、というだけでは済まされない何かがあったのでは、とすら思いたくなる。神の思し召しとまで考えることはないにしろ、改めてよくぞ生きていたと思ってしまう。なにしろ、わずか数ミリ、コンマ何秒差の奇跡に、運良く助けられた恰好になっていたのだから。

と思うと、わずか5ミリ程度の銃弾ではあるが、改めて被弾の状況がわかるにつれ、62年の人生に大きな意味さえ感じた。貴重な命をもらっていることに気付き、感謝し、人生の考え方、生き方を変えようと思い始めたのである。

これは不幸事ではなく、人生を有意義に生きていくための体験だったかもしれない。残された寿命を大切に使いなさいということかもしれないと、強く思うようになった。

22 今後の人生

不幸中の幸いともいうべき偶発的な被弾により、おかげで今も68年の人生を生きている。これからさらに68年の人生はあり得ないだろうが、平均寿命からすると、あと14年ほどあるはずで、そのうち元気でいられる自立した人生はとなると、10年そこそこと思うのが妥当なところだろう。

では、その10年をどう生きるか？　生活していく上で、ある程度のお金は必要だろう。無理はできない年齢になりつつあっても、できる範囲でみかん作りはやってみたいと思っている。しかし、残りの人生をそれ以外に有意義なことに使えないだろうか、とも思ったりする。

有意義とは何かと考えると、最終的には自己満足だろうが、言ってみれば明日死ぬ立場になったとき、何をするかということに似ているような気がする。そんなことを考えながら、私はこの『銃弾と共に』の原稿を10年がかりで執筆してきたのだが、その途中、またまた人生を大きく変える事態が起きてしまった。

1993 年、NHK 名古屋放送局制作ドラマ「つばさ」のスタッフとして参加した時の記念写真（前列左から２人目が私）。哀川翔さんや、若き日の大塚寧々さんらが出演した。これは、空港を支える裏方にスポットを当て、飛行機に託したそれぞれの夢を描いた作品。飛行機製作にすべてをかけた若者たちの青春を描いたもので、ヘリだけでなく、飛行機も大好きだった私にとって忘れられない経験となった。

第3部　大事故からの復帰

平成 27 年3月 21 日、高速道路での事故により大破した私の軽乗用車

23　人生最大の試練、大事故発生

平成27年3月21日午後2時42分頃、私は愛媛県伊予市三秋《みあき》における高速自動車道下り線のトンネル内入り口付近において交通事故を起こした。居眠り運転により対向車線にはみ出し、対向の大型トラックに激突したのである。

当日の車両は軽乗用車で、私1人が乗車していた。大型トラックも運転手1人であった。軽乗用車と大型トラックは激突の寸前お互いに右へ避けたことで、真正面での激突ではなく、車両左側がクラッシュする事故になったが、軽乗用車の損傷が激しく、大破に近い形になってしまった。それでも、互いに右に避けたとき、大型トラックの前方視界の方が良く、対向斜線をはみ出してくる私の車両を早く発見して、回避操作をしてくれたことで命までは失わなかった。

居眠りに関して言うと、それまで私は眠気を覚えると、ラジオをつけたり、音楽を聞いたり、ガムを噛んだりして紛らわせた。当然、サービスエリアが近くにあれば休憩や短い仮眠をして居眠りを回避してきたが、その時はいきなり眠りに落ちた。眠気で車の運転操作不能になった時間は、おそらく2、3秒程度だったと思うが、高速道路は対面通行で、上下道を仕切るのは樹脂製のポールのみである。

眠りの意識不明から目覚めたのは、そのポールをなぎ倒し始めた音からだった。しかし目覚めた時には対向車線に入っており、しかも大型トラックの目の前である。お互いが右にそれたものの、オフセット・クラッシュにより、車両は大破に近い状態であった。このことは、事故後に現場検証した警察などによって後日報告されたし、車両を廃車処分する際、家族からも詳細を知らされた。

衝突というか、激突というか、そのときの衝撃はすさまじく、まさに初めて経験する大きさである。これまでに、単独事故で自動車専用道のガードレールに衝突したことがあったが、それとは比較にならず、その衝撃はこれまでの人生で例えて表現するものが見当たらなかった。

相手車両に当たり、80キロ以上の速度が数秒にして対地速度0になるエネルギーを私自身が受けており、シートベルトでの身体拘束というか保持を受け、エアーバッグ作動による上半身への衝撃もある。私はこの事故を体験するまで、エアーバッグとは柔らかい袋で、作動して上半身を優しく包んでくれるものとばかり思っていた。しかし、高速道路の事故で実際に体験したエアーバッグはとても固いクッションのようで、左手にはめていた腕時計は衝撃でバンドが切れ、レンズは割れた状態でフロアに転がっていた。

避けきれずに相手と激突して止まったとき、まず思ったのが、「ぶつかってしまった」という意識である。事故をやってしまったということではあったが、意外に自分としては冷静だったような気がする。

当然その時、身体的には大きなダメージを受けていたのだが、出血など外見上の損傷はほとんど見受けられなかった私は、運転席のドアを開けて降りていき、左腰に付けていたホルダーから携帯電話を取り出し、車両から少し離れたところで立ち話できる状態を確保できていた。そして、携帯電話の作動は暗唱番号設定だったので、その番号を入力し、作動させた。その時に助かったのは、ワンタッチダイアル設定にしていたことである。そのことでスムーズに妻に電話することができた。

ところが後の話では、偶然現場に来た消防士（救急救命士）の方によると、事故後の私の動きは、「車から降りた」のではなく、「這い出てきた」ということだった。私はあくまでも、いつものように自分で降りたという認識だったが、身体的損傷からすると這い出てきた方が正解で、当時の状況で気が動転し、記憶も曖昧なものだったのであろう。

この時の私は、妻にトンネル（明神山）で事故を起こしたと伝えたことだけは確かなのだが、それ以上の会話の記憶はない。なぜなら、事故を伝えた言葉のあと、不思議に自分の携帯電話は消防のレスキューらしきオレンジ色のつなぎを着ている人物に取られたからである。

それからの記憶はない。意識を取り戻したのは、大きな総合病院で処置を受け始めたときである。

普段私は、生活のなかで救急車を目にしていても他人事のように見ていて、自分が救急車にお世話になることなどないだろうと考えていた。しかしこの時は現実に患者として乗り、救急病院の初期治療室へ運ばれたわけだが、早い段階で気を失ったため、ストレッチャーに乗せられたり、救急車で移動しながら処置されたりしたことは思い出そうにも思い出せない。

しかし、それが結果的に良かったかもしれないと、いま思う。

現場で自分に起きている状況を目にしていない。大破した車両、外傷的な出血、立ちはしていても不自然な下肢の状態など、精神的ショックを受けるようなものを目にしていないからである。

病院の処置室で目覚めたとき、記憶は定かではないのだが、私の胸には鉛の金属の銃弾が入っており、MRI検査だけはできないということを当直医に伝え、検査機器からの障害を避けることができた。

MRI検査機器は強力な磁場を使用するため、体内に金属があると誘導されて動くことがあり、生命機能を損傷させる場合があると聞いている。

病院での処置は、全身のCT撮影・点滴（痛み止めなど）・肺からの出血に伴う排血処置・尿道へのカテーテル・大腿骨への穴開けによる重りの取り付け（7キロ）・その他血圧や心拍計などのセンサーの取り付け・酸素マスクの吸引などを行い、ＨＣＵ（高度治療室）にて緊急入院生活が始まった。
病院へ搬入された時の私の診断結果は次の通りである。

右肋骨多発骨折（第１から４、11）
左肋骨多発骨折（第１から４）
右血気胸
左血胸
右下腹部裂創
右腸骨粉砕骨折
左寛骨臼脱臼骨折
全身挫傷
脳震盪《のうしんとう》

上記傷病にて手術治療を行うため、約２カ月の入院と、その後数カ月間（受傷から６カ月程度）に及ぶリハビリテーションが必要と推測される。

というものであった。

だがこの後、リハビリ専門病院での治療中に、左膝後十字靭帯《こうじゅうじじんたい》損傷（ステージ2）という症状が追加された。これは車が潰れていく時に、ダッシュボードクラッシュになり、それにより向こう脛が押され、靭帯が損傷したとの診断だった。なお靭帯は切断ではなく、延びているのではないかとの診断だった。

本来なら詳細に検査するため、MRI検査機器にお世話になるのだろうが、60年もの昔、一発の銃弾を受けたことにより、それができなかった。こんな場面で特異な運命を背負ったことが、運の悪さにつながるとは思わなかったが、残りの人生で、MRI検査が必要になることのないよう願うばかりである。

事故当時、私が妻に直接電話したことにより、妻は事故のことを知り、しかも声を聞いたことで生きているという安心は得ていたようだった。

事故の原因について考えてみると、いきなりの居眠り運転というのは、日々慌ただしく生活していたことに尽きる。

事故発生が3月21日、その数日前の18・19・20日は沖縄ツアーに出掛けたため、それ以前から仕事を調整していた。みかん農家はやることが多く、古いみかんの木の伐採や焼却、みかん山への苗木の植え込みに加え、この時期、確定申告の書類づくりや提出なども続いていた。また、任意団体の会計監査や、春のお彼岸における墓掃除などもあった。

そして事故当日の朝は、旅行中に配布されていた柑橘用肥料の回収と収納のため、一時預かりしてあった倉庫に肥料の積み込みをした。20キロ入り肥料60袋である。それを30袋ずつ積み込んで、2カ所の山小屋に収納する。

さらに当日は、私の実家の祖母（五十回忌）と父（七回忌）の法事のため、町内の寺に妻と出向いた。寺での法事は午前11時から始まり、30分ほどで終わったそのあとは、車で墓地に移動し、供養のお経のなか線香をあげ、手を合わせた。

その後、妻たちと別れた私は1人松山に行くことになった。松山市内のビルで三線《さんしん》という沖縄の楽器の演奏会があり、その催しを見にいったのだった。パーキングへの入庫時刻は13時9分。そこで過ごした時間はおそらく20分程度と思われるが、はっきりしない。そこからの記憶が、事故当時の記憶とともに、いくら考えても思い出せない。

どこを通って高速道路に乗ったのか？　高速道路の利用インターは伊予インターだということははっきりしているのだが……松山市内からの経路をまったく思い出せない。恐ろしい話である。インターまでの道路は過去何十回も走っているので、それまでの記憶の感覚で走っていたと考えると、すでに疲労による意識障害が起きていたと思われる。

とするならば、起こるべくして起きた事故である。だからと言って、事故に至るまでにこれらの作業や行事を止められたかというと、それは難しいのだが、このような事態に陥らないためには、無理な行動には危険が伴うということをわかっておく必要がある。

私が起こした事故で高速道路を３時間にわたって通行止めにし、沢山の利用者にご迷惑をお掛けしたことは誠に申し訳なく、この場を借りて関係者の皆様にお詫び申し上げたい。

これはあとで聞いた話だが、友人や知人でこの事故渋滞に巻き込まれ、大変な思いをして通過した人たちがいて、あとで「あの原因は牧野さんだったのか」という笑い話になった。

24　なぜ助かったのか

今回の事故による傷病は先にも書いたが、大変な体験にもかかわらず命は助かっている。それは、いくつもの偶然が重なったのか、あるいは私の運の良さなのか考えてみることにした。また、ほかにもいくつもの幸運が重なった。それについても考えてみた。
①衝突における対向車の回避と、自分自身も最後まで回避操作をしたことで、真正面での衝突ではなかった。

②乗っていた軽乗用車が平成18年度自動車アセスメントによる衝突安全性能総合評価でトップレベルの6スターを運転席／助手席ともに獲得。優れた安全性能を実現していた。ちなみに前面フルラップ衝突時速55キロ、前面オフセット衝突時速64キロ、側面衝突時速55キロ、後面衝突時速50キロをクリアしていた。

③車での着座姿勢が、シート背もたれに背中を密着し、腰も深く座っていた。シートベルトも腰骨にしっかり当てた状態で身体を固定していた。

これは私が自動車会社に勤めていて、社内での従業員への交通安全対策で正しいシートベルトの装着という講習を受け、実践していたことによる効果が大きいと考える。

④事故発生の時間が午後3時前頃で、生活的活動の十分な時間帯であった。

⑤事故発生場所が松山市に近く、救急的処置を行う大きな病院があり、私は愛媛県立中央病院に搬送され、高度の医療処置が受けられた。

⑥事故を起こした場所は伊予インターに近く、消防本部も近くにあった。事故で止まりかけていた通行車両の中に、私用で通りかかった消防士の方が4名いて、事故現場の対応をしていただいた。しかもその中の1人は救急救命士の方（T氏）で、怪我をした私の診断や応急処置（止血や身体の保持）、救急車の手配や状況報告、現場の処理などを迅速にしていただいた。

⑦怪我による外的出血が少なかった。肋骨骨折による肺からの出血はあったが、病院までの許容時間があった。

⑧事故発生時、私の後ろには接近する後続車がいなかった。もし大型トラックなどがいれば追突的な二次災害が起きたかもしれないが、それは回避できた。

⑨私が事故車両から出て車外にいたとき、大破した車両から出火していたが、現場にいた人たちと消防士たちによって迅速に消火された。車両からは2回出火したと聞いている。

⑩クラッシュしたにもかかわらず、運転席のドアが開き、車両に閉じ込められることがな

かった。

⑪事故現場で車が停止したとき、乗っていた方たちが何かと協力してくれて、スポーツの遠征途中だったマイクロバスの関係者から持参の救急箱が提供され、これにより救急救命士がガーゼなどで止血手当をしてくれた。

⑫車の助手席側の破損がひどかったが、このとき助手席に同乗者がいなかった。いつもなら妻が乗ることが多く、もし乗車していれば死亡という事態になっていたかもしれない。

⑬身内（妻の妹）が松山市内に住んでいて、連絡により一番に駆けつけ、病院で処置する場合の承諾手続きが迅速にできた。

⑭自動車保険の手続き関係では、実兄のかつての部下の方が保険関係の仕事をしていたので連絡したところ、偶然にも休みで松山市内の温泉に来ていた。事故後の保険の手続きでは、関係の情報を病院でいち早く入手でき、早く事務処理が進んだ。日曜日の事故だったが、翌日の月曜日に朝から事務手続きができた。

⑮なにより大きかったことは、私本人が事故のとき妻に直接連絡したことで、生きていることを知らせることができ、家族の安心につながった。それにはトンネル内で携帯電話の電波が圏外ではなかったことも幸いした。

⑯また、その連絡が妻につながった場所が、法事で親戚の人たちが集まっていた私の実家で、妻・兄夫婦・母らの身内がいて同時に事態を共有でき、妻はすぐさま実兄の運転する車で松山に向かうことができた。

⑰法事で帰省していた実兄の息子（私の甥）夫婦も、法事のあと、住んでいる広島に帰ろうと大洲あたりの高速道路上にいた。家族から連絡が入った甥は、入り口を封鎖されていた高速道路で状況を話し、私の事故現場への通行を許可された。事故現場では、すでに私は救急車で搬送されていたが、身内としていち早く事故状況を詳しく知ることができ、相手の運転手の方や、警察の高速隊の方々の話も聞くこともできた。その後病院に駆けつけ、妻や親族に事故の詳しい話をすることができた。

甥は広島消防局のレスキュー隊員で、そういう緊急時のプロでもある。東日本大震災のときは東北の被災地へ応援に行き、さまざまな支援活動をした経験を持つ。

⑱また、現場近くにいた救急救命士の診断により、私の骨盤の骨折を確認して、患部の二次障害が起きないよう細心の注意が払われ、身体の保持をしていただいた。ストレッチャーに私を乗せる際も、事故現場の多くの方たちによって体の下に手が差し入れられ、四方から隙間のない状態で持ち上げられたという話を、後に救急救命士の方から伺った。

（注）怪我などをした場合、うまく身体拘束をしないと、折れた骨などにより付近の神経などが傷付けられ、後の生活に障害が出る場合があるといわれる。

⑲突発的に何かが起きたとき、誰もがその事態に即、対応できるとは思わない。

これは私が航空機を操縦することから学んだ話で、航

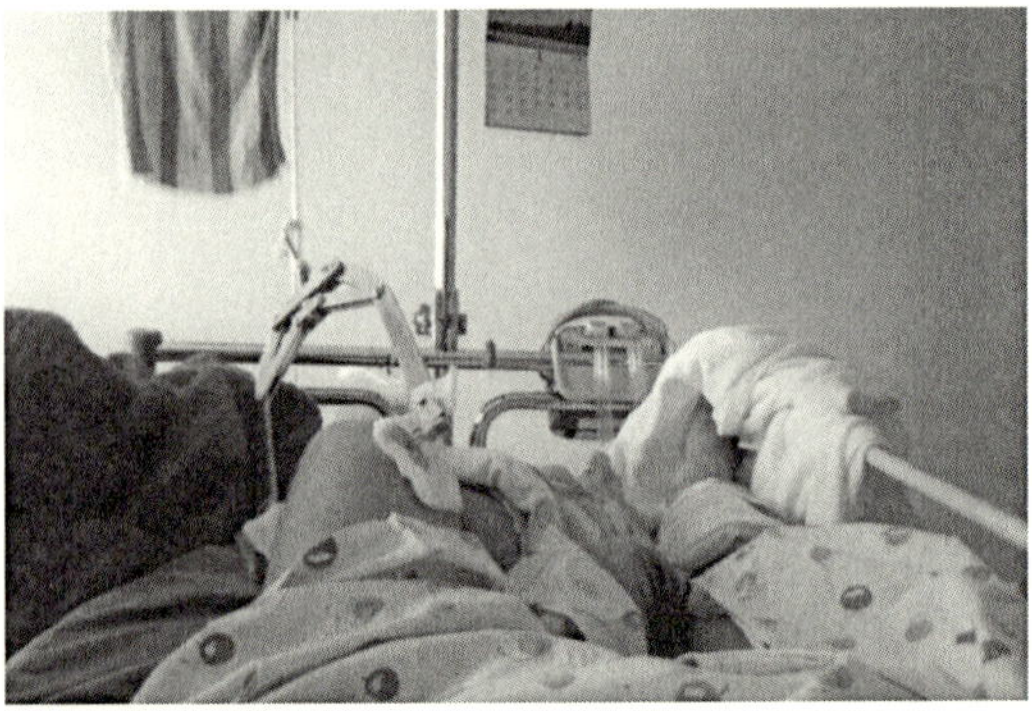

苦しかった入院の日々

空機は常に運用中、7対3の割合で視界と計器を見る。風向きや地上の状態を確認し、飛行中、ここでエンジントラブルがあれば何を操作すべきか、着陸するならあそこの空き地に降りようなど、常にいろいろなことに対応できるように考えながら操縦している。このことから、車の運転に関しても、航空機的発想で運転するようになっていた。

例えば進行方向遠方に走っている車がブレーキランプを頻繁に点滅させていると、何かある（事故・落下物・交通規制・取り締まりなど）と考え、対応策を考えながら走る。何かあればブレーキを踏んで速度を落としておくとか、ハンドルで逃げるなり、停止する。

この事故も、僅かな時間のなかでもとっさにハンドル操作ができたことは、航空機的発想が生きていたような気がする。

話は変わるが、私は旅行などでホテルに宿泊すると、必ず火災・自然災害・事件などのことを考え、逃げ道の確認をする。避難経路の確認（外部階段の確認・消火器の位置・消火栓の位置・建物から隣の建物に至るまでの状況と、階によれば、カーテンやシーツなどで窓から地上まで届くかどうかという状況なども考える。緊急時に迷ったり躊躇したりする時間はない。いかに事前に想定し、それを緊急時に迅速に実施するかである。

※このことは、取得した各種資格の内容からも推測していただけると思う。

25　事故による入院生活の始まり

3月21日、愛媛県立中央病院のHCU（高度治療室）に身動きならない状態で横たわる。周りには最初に駆けつけた妻の妹・実兄の後輩の保険経験者・甥夫婦・そして妻と実兄。妻たちは、私が事故で通行止めにした高速道路は利用できず、一般国道の渋滞のなかイライラしながら病院に到着した。

このとき私には、不思議にショックはなかった。起きていることはすごいことなのだか、逆に病院のなかで安心しているところもあった。

ただ、身体的に受けている衝撃の痛みは耐えるのにかなりつらいものがあった。むろん痛み止めなどの点滴はされているものの、特に肋骨の骨折による咳やクシャミには激痛を伴い、これらの症状には悩まされた。

私は普段の生活で夜間寝ている間の寝返りがひどく、一晩中ベストポジションを探しながら寝ている人間である。その人間が、痛みや各種医療機器に固定され、仰向け状態で24時間寝ているのは地獄のような苦痛であった。

次の22日にはHCUから一般病棟の個室に移動となり、長い入院生活が始まった。病室は11階でここからの眺望は良かったが、ベッドに固定されたままで展望を楽しむことなどはできなかった。ただ、1人部屋の、トイレ・シャワー・ソファーベッド付きの部屋だったので、気持ち的にはくつろげる環境だった。妻も付き添いで宿泊できる状態だったため、入院生活としては恵まれていた。

しかし、寝たきり状態で、下肢に血栓が発生しないよう両足にエアーポンプが付けられ、これが24時間動くため、足の動きの煩わしさに気分は相当悪かった。快適な入院生活など存在しないとわかっているのに、現実として納得しがたかった。

それから、骨折した骨盤への負荷を減らすため、左足には大腿骨に鉄棒を通し、7キロもの重りが付けられていた。医師の説明では、股関節が癒着しないよう、常に負荷をかけて引っ張るための処置だったらしい。これがベッドの下へ滑車を介して取り付けられており、少し身体を動かすと、ずるずるとベッドの足元に身体を引っ張られる。そのたびに私は枕元のベッド柵に手を延ばして身体を引き上げていた。この時、身体的痛みなどは不思議になかった。

入院生活はわずかな身動きしかできない、24時間寝たきりの生活である。昼はお見舞い客などで起きているものの、夜は寝付けない状態で、寝てはいるけれども熟睡できない寝不足状況になっていて、心理的にイライラしていた。

それと、自分では感じていなかったが、夜寝ていると薄らいでいる意識のなかでも時々事故でぶつかる情景がフラッシュバックして、睡眠導入剤にすがることになった。これには長く悩まされることになる。

もう一つ、入院して不快感を持つようになったのは、味覚の変化である。食事の味付けがものすごく濃く感じられ、好き嫌いは何もない私がまともに病院食を食べることができなくなった。日々、それを案じて食べることを勧める妻や看護師の方には、自分が正常だと思っているので、他の人のほうが味覚異常なのではと思ってしまうほどだった。素人考えではあるが、これは、点滴によって体内に入ってくる薬が影響を及ぼしたのではないかと思う。

私の場合、消化器系の病気ではないので食事制限はなく、売店で好きなものや口にできそうなものを買ってきて食べることに問題はなかった。自分的にはソーセージやみかんジュースが口に合ったので、そうしたものを食べるようになっていた。

驚いたのは、あれほど好きだったコーラやアイスクリームを、飲んだり食べたりすることができなくなったことだった。

また、入院前は毎日快食快便であったが、不快食と身体的拘束で便秘生活になってしまった。４日間貯めて浣腸という状態で、寝たきり排便の難しさを改めて知り、老後の寝たきり生活を事前体験することとなった。

先にも書いたが、寝返りができない分、ベッドでの居心地が悪く、痛みなどない身体で床ずれはないものの、つらい日々であった。

夜中に巡回してくる担当看護師さんに、ベッドと背中の間に手を入れてさすってもらったが、それがたまらなく快感であった。まさに、かゆいところに手が届くということを実感。M看護師さんには本当に感謝している。

左右の少しばかりの寝返りと、電動ベッドの角度を変えて上肢や下肢を30度程度上げるしかないという状態で寝ていることは、かなりのストレスだった。

入院した21日はHCUで、22日からは個室の病室に移動したが、手術をする31日までは、身体に血栓防止用のエアーポンプ、7キロの重り、肺からの出血のカテーテル、尿排出のカテーテル、心拍計、酸素マスク、点滴チューブなどいろいろなものが付いていて動きが制限されていた。

咳やクシャミのたびに骨折した肋骨に激痛が走ったが、その他の痛みはなく、手術日の31日まで心理的に追いつめられた感じはなかった。

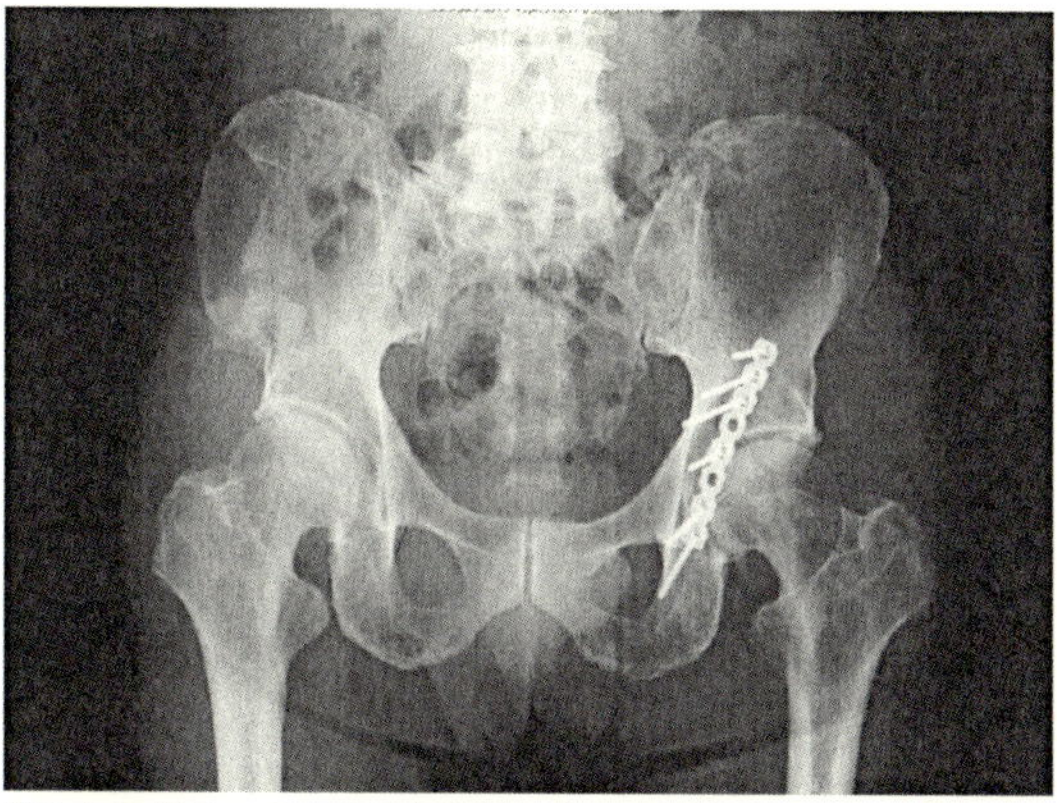
割れた骨盤は、このような器具によって固定された。

事故から11日目、3月31日手術。

自分では冷静でいたつもりだが、手術室への移動の時間など、思い起こしてもまったく記憶として出てこない。

自分としては幼い頃の銃弾摘出手術の経験から、手術への恐怖などは一切なかった。手術室の様子は年月が経過しても頭の中にイメージされていたので、未知ゆえの不安は起こらなかったような気がする。

当日、妻や皆さんが見守るなか、私はガッツポーズをして病室を出ていった。自分としては、精神的にゆとりがあったことによる行動だったと思う。

さすがに手術室は60年前の状況とは違い、部屋の壁はステンレス張りのピカピカの状況で、いろいろな最新のデジタル機器やディスプレイがあり、私はそれらを見ていると感動してしまった。なにしろメカ好きというか、そういうものに普段から興味のある人間なので、楽しい〝俎板の上の鯉〟になっていた。

しかし、オペの用意を見ている間に、麻酔をかけられた私はいとも簡単に記憶を失っていた。手術台の真正面に大きなアナログの時計があったが、目覚めた時間を覚えていない。

その日は一晩手術室にいたのだが、その時計の進み具合は1分間が1時間に思えるくらいとてつもなく長く感じられた。

62年前もそうだったが、術後に目覚めたとき、喉の乾きを感じた。人間ってすごい、半世紀前の記憶を呼び覚まして比較できるのだから！　私はそんなことを感じた。

看護師さんに頼むと水分はもらえるのだが、亡くなった人のように綿棒に含ませた水で唇を湿らせるくらいなので、喉の乾きを潤すといったものではない。私は少なくとも自分の喉で、ゴクンといった水を飲む感触を味わいたいがために、たびたび水を要求しては少しではあるが口の中にそれを貯め、ゴクンとしていた。海で漂流する人が飲み水を渇望し、何かに結露した水滴を飲むかのごとしである。

翌4月1日病室に帰る。

当然、術後なので動きはまた制限され、寝たきり状態になったのだが、痛みなど特に気になることもなく、手術の成功を感じた。

手術内容はあとで知ることとなったのだが、いくつかに割れた骨盤を体内で確認し、寄せ集めてから金属プレートとボルト、スクリューなどで固定することにしたようである。できる限り正確に骨片を合わせたようだが、主治医の先生が言われるには、「CTでは良くても、レントゲンでは1ミリ程度のずれが生じている箇所があります。しかし、これが限界です」という説明だった。確かに複雑に割れている状況だったので、私としては「ありがとうございました」と感謝の言葉を述べるのみである。手術としては、臀部を25センチにわたって切り開いた大きなもので、限界に近い作業だったと思われ、大変だったと想像する。

4月4日

寝たきりから初めて車椅子に乗る。久しぶりの横から縦への姿勢である。固定的な動きから車椅子に乗ることで、気持ち的に少し解放されたようで嬉しかった。季節は桜の時期で、県立中央病院の11階の窓から重信川沿いにある桜を見ることができた。ただ、咲き誇る桜はきれいだったが、気持ち的には健康体で見たときの感動とは心理的にと違う気がした。桜の感動に専念できない。ゆとりがない気持ちなのだろうか？

4月5日

リハビリの開始。長い間動かすことができなかった身体をほぐしていくことが優先的に行われた。身体的に痛みはない。ただし左足には絶対加重をかけてはいけないということで、車椅子からベッドへ移動するときも片足での動きで、気持ち的にかなり怖い思いをしていた。

4月6日

術後1週間で入院からの日数も17日になり、病院の生活に慣れつつはあるものの、食事の味覚障害や身体的制限の関係でなにかとストレスを貯めていて、自分的には落ち込んではいないものの、テンションは低迷状態であった。いくら気持ちで頑張っても進まない話なので、ひたすら時間の経過を待つしかない状況が続く。

4月7日

尿のカテーテルを抜く。姿勢の解放の一つがなくなり、嬉しい。

4月8日

トイレにて初ウンチが出る。嬉しかった。自分にとっては久しぶりの快挙だ。しょうもないことが、ここでは感動。

4月9日

血栓防止に取り付けていたエアーポンプを取り外す。これまた嬉しい。足元に取り付けてあるがための煩わしさから解放された。足がベッドで自由に動かせることが、単純に嬉しい。

4月10日

本日は腰の手術箇所の抜糸である。抜糸といっても縫合は糸ではない。ホッチキスのような金具である。全部で38針。先生が言われるには、「この金具が1セットでは足りなくて2セットを使用しました」ということだった。1セットが何針なのかは聞いていないが、いずれにしても手術の大きさを知ることができる。25センチの臀部の手術痕は「への字」になっている。

針の取り除き方は、コ形になっている金具の真ん中をニッパで切断。その後ラジオペンチで引き抜く感じである。痛みとしては、少しチクッとする程度で、顔を歪めるようなことはない。

私は、先生にお願いし、その抜糸の金具を記念にいただくことにした。これは今でも大切に手元に置いている。なぜか気持ち的に残しておきたかった。

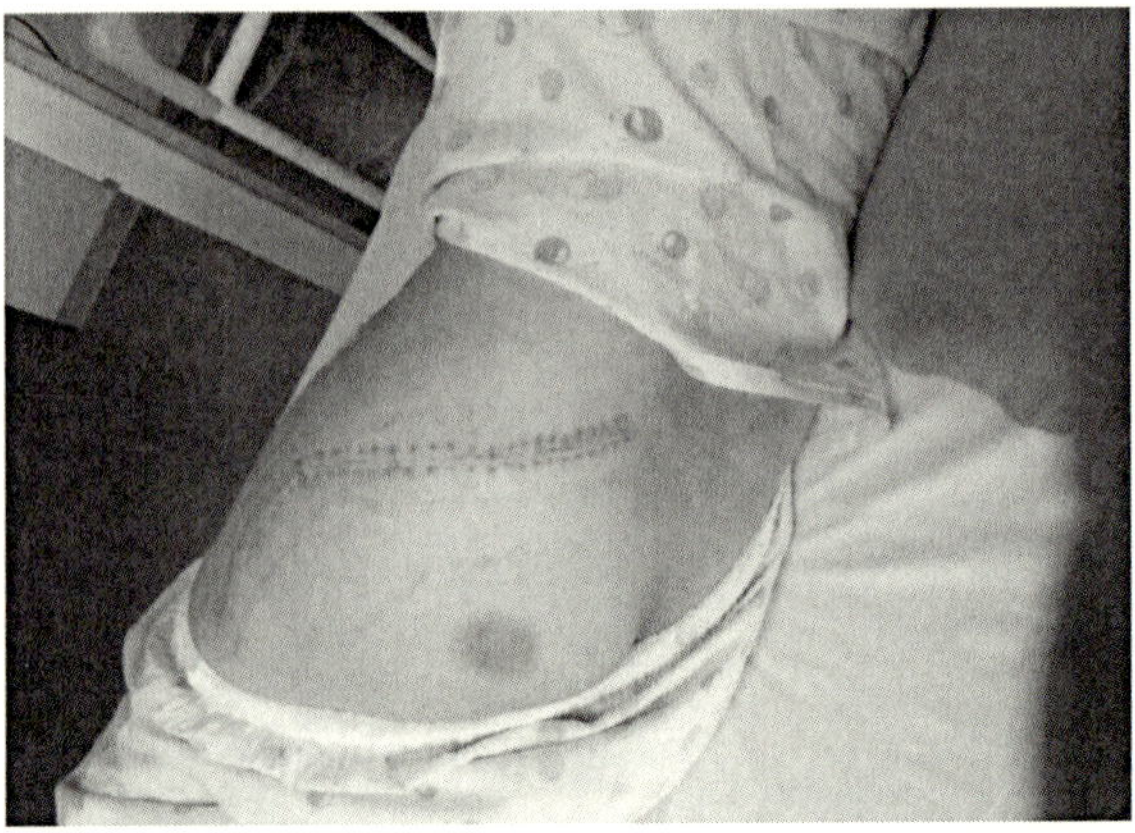

への字の手術痕

4月11日

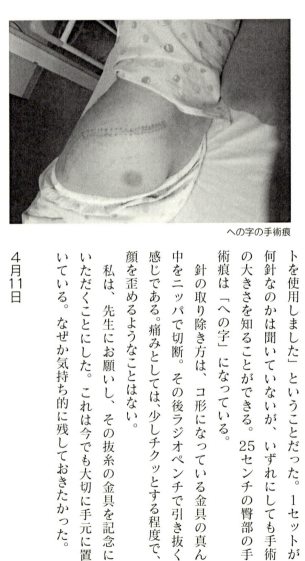

シャワーに初デビュー。季節的に汗をかく状況でもなかったので不快感はあまり感じておらず、暖かいタオルで身体を拭いてもらえるだけで気持ち良かったが、やはり暖かいシャワーは格別に気持ち良かった。通常の車椅子でシャワー室まで行き、脱衣後、入浴用の車椅子に乗り換え、介護士の方に不自由な身体を洗っていただくのは、申し訳ないながら、気分は爽やかな感じであった。ただし、自分の局部は自分で洗う。

4月13日

入院から24日目。本格的なリハビリをするために転院する話があった。変な話だが、慣れつつある現状の病院生活から、新たにまた違った病院に移るのは、なんとなく不安だった。どんな病院で、どんな病室で、どんなスタッフか。リハビリはどんなことをするのかというようなことである。あくまでも、確実に復帰するためのことで、良くなるためと前向きに考えなければならないのに、私は未知のことに不安を溜めていた。

4月14日

前日からよく眠れず、早朝4時頃目を覚ました。ベッドから車椅子に乗り換え、20メートルほど離れた談話室に行く。ここは11階ということもあって、スカイラウンジ的な環境である。この頃、4時過ぎといえば外は真っ暗である。街灯や建物にぽつぽつと灯りが点っており、活動を始めている車両などもわずかばかり走り始めている。

そんな下界を見ていると、車椅子に乗った年配の女性がやってきた。聞くと、やはり眠れなくて目が醒めたから病室から出てきたとのこと。お互い車椅子同士で、同じような状態なので、「どうされたのですか?」と聞くと、農作業中に転倒して足を骨折したとのこと。不自由な入院生活では皆同じような思いをしているのだなあと、つらい気持ちを共有したことで何か救われるような感じがする。これが、素敵な女性と本当のスカイラウンジのカウンターで、夜景でも見ながらウイスキーでも一杯やるのなら、その方が良いに決まっているが、この現状の方がはるかに人生の価値を見出せる気がした。

この日、見舞い客として札幌から来られた方がいた。突然の来訪にびっくりしてしまった。なにしろ北海道からである。電話とかメールなどでも心繋がる見舞いなのに、わざわざ松山まで。このころ飛行機の直行便はないから、札幌からは羽田経由で来ていただいたことになる。気持ちを押して来てくださるとはとんでもないことである。有り難い気持ちである。どう表していいかわからないくらい感謝である。病人になってみると、そういう気持ちがどんなに嬉しいことか、どんなに励まされることか。

宇和島からさえ顔を見ない人もいるというのに、本当にうれしい。

実はこの方は、宇和島市商工観光課が10年間も続けたシーズンワークという事業で宇和島市吉田町と関わりを持たれた男性である。

夏と秋の2シーズンがあり、夏は主にみかんの摘果、秋はみかんの収穫がメイン作業で、3泊4日でみかん作業を手伝う宿泊型農家体験である。交通費は自己負担、吉田町に現地集合・現地解散で、作業日当などもない。にもかかわらず、全国から毎回30名ほどの方が参加され、みかん農家の作業を体験されている。

札幌からお見舞いに来てくださったこの方も、ここ5年ほど来られていて、みかん作業のベテランになっておられた。そしてわが家には、シーズンワーク以外にも個人的なことで来られ、作業のお手伝いをしてくださっていた。

作業日当も支払わないものだし、お世話になりっぱなしの上に札幌からのお見舞いである。ここまで気持ちを入れてやってくださるなんて、人の心の温かさに感謝、感謝である。再び元気になって、受け入れ接待できるようにしなければと強く思った。

4月17日
入院から28日目。
体重測定で車椅子にて体重計に乗る。81キロから車椅子の重量17・5キロをマイナスして、

宇和島シーズンワークでのみかん収穫

みかん山での昼食風景。戸外で、海や山を眺めながら食べるお弁当の味は格別だと口々に言う皆さん。

63・5キロである。筋肉の落ち具合の激しいこと。入院前は68キロほどあったはずだから、4・5キロほど減量したことになる。
高校時代から維持し続けている体重である。ほとんど変化のないように食事内容や量、そして動く消費カロリーのバランスを考えてきた。しかし、食事も病院食であり、動くこともできないから、筋肉の落ち具合が激しい。特に大腿部の痩せ具合が大きく、そのことが体重を減らす要因になっている。かと言って味覚異常が続いているので、食べられない。痩せていくのは当然だった。

4月21日
手術入院から本格的リハビリへと移行するため、専門病院へ転院することが決まった。転院先は、松山市高井町にある松山リハビリテーション病院である。認可病床326床というリハビリテーション科・内科を持つ大きな病院だが、まだ見ぬ世界にいささかの不安の思いが巡る。

4月22日
妻は三姉妹だが、次女の夫に肺がんが発見され、四国がんセンターにて手術があった。また三女の夫も、この時、食道がんで療養中だった。言うなれば、三姉妹とも、私を含めた夫たちは怪我や病気でなんらかの不幸を背負っていたわけで、なぜこのようなことが起きるのかと思わずにいられないが、病気ばかりは如何《いかん》ともしがたい。回復は運に任せるしかないと思うと同時に、なんとしても元気になるぞと思った。(残念なことに、次女の夫は平成三十年に、三女の夫は平成二十九年に他界した)

ただ、このときの私は大手術から33日しか経っていないときで、決意もぐらつき気味ではあったのだが、この頃には次のステップの話も決まっていて、心理的に少し余裕ができていたのかもしれない。

県中央病院は新たに導入するドクターヘリの拠点として、屋上にヘリポートを構え、救急患者を受け入れる体制を整備しつつあった。

入院中、防災ヘリを兼務するヘリコプターが患者を搬送してくることがあり、爆音と共にヘリポートに降り立ってくることがあった。ヘリコプターパイロットしてはひと目機体の姿を見たいと、部屋から車椅子に乗り、大急ぎでヘリパットが見える廊下に出ていくのだが、行った時には既に機体はテイクオフしており、いつも見ることはできなかった。楽しんではいけないことだが、いつも音だけである。

その時に思い出したことがある。私のヘリコプター訓練時代、教官に病院の上はできる限り飛ぶなと言われたことである。病院は治療などしている人たちがいる場所なので、不快にさせてはいけない。しかも皆が皆、ヘリコプターの好きな人がいるわけではない。

こんなところで教官の教えを思い知らされるとは思わなかった。ドクターヘリは、おそらく患者の搬出を1分程度の時間で行っていると思われる。しかも進入の降下角は緩やかではなく、できる限り急角度にした離着陸と思われる。全ては、スピーディーにやることが患者への治癒向上に繋がると思われる。

私のヘリ訓練時代、実地試験で病院の上を飛行し、地上への配慮がないとして落とされた受験生がいた。パイロットは、そのくらい厳しい気持ちで飛ぶことを要求されている。

26 リハビリ病院へ転院

4月28日
事故入院から39日目、リハビリの専門病院への移動。次のステップに進めなければならないのに、変な話だが、住めば都で、現状の環境に慣れていると移動に新たな不安を覚えてしまう。担当看護師の人たちや、担当医の方々に見送られながら、車椅子のまま介護タクシーの人になった。

介護タクシーで移動中、運転手さんから「どうされたのですか？」と聞かれた。これこれしかじかと話したところ、この運転手さんも「もらい事故」で大怪我をした経験があり、3年ほどは事故現場を通行できなかったと言った。そのときは、ちょっと理解しがたい話に思えたのだが、のちに、わが身にも同じことが起き、ようやくその心理に納得がいった。

そうこうしているうちに、30分ほどでリハビリ病院に到着した。

病院は8階建ての大きな建物で、1階には案内所や診察室・薬局・外来リハビリの部屋と入浴施設などがある。2階から上には病室と広々としたリハビリ室があり、病室は7階まで。最上階の8階は、食堂や会議室、それに売店・床屋がある。

私の病室は2階で、南面道路側に面した2人部屋であった。トイレは出入り口真正面にあり、利便性は良かったが、臭いなどの問題は多少なりあった。しかし利便性の方が優先する。同居人は同じような年齢で取っ付きの良い人であったが、退院間近ということだった。避けられないことだが、同室の人との相性は大切で、病室でストレスを貯めれば最悪である。

昼から早速リハビリを受けた。作業療法士の女性2名の方が担当、理学療法士も2名で、内1名は男性である。

内容的にはマッサージ的なことから始まる。

夕食は午後6時から、朝食は午前7時半から、昼食は午前11時45分からとなっており、食堂で決められたテーブル席にて食事をする。

リハビリは1日3時間だが、1回連続1時間以内と時間割を決められている。短くても30分くらいが、午前中に2回とか、午後に1回とか、日によって割りふりが決められる。

初リハビリは、作業療法士の担当女性から、下肢へのマッサージをメインに治療が開始された。まったくの車椅子の生活で、いまだに足に加重を掛けられない状態なので、足の甲も含めてむくんでおり、しびれもある。ひたすら下肢の関節の、可動部の動きをサポートする治療が始まった。

リハビリ初日としては気持ち的に安心し、これから始まる90日間への思いを新たにした。

4月29日から5月20日まで、いまだ車椅子生活で、リハビリはあくまでも下肢へのマッサージ。可動範囲のスムーズな動きを取り戻すものである。

この頃の悩みと言えば、いろいろあるが、眠りに関することとか、トイレ回数とか、大腿部の手術箇所の内部的痛みである。固い椅子などは座りにくく、柔らかい椅子でも15分程度しか維持できない。

骨盤骨折した左側の足はむくみがあって、60日ばかりたっても、まだむくみがあって靴が履けない。しかも不思議なことだが、身体は夜寝る時などは肌寒い感じがあるのに、足は汗をかき、布団から足を出して寝るという変なことが起きていた。素人ながら何か神経に障害が出ていると思われるが、よくわからないことが発生していた。

睡眠に関しては、手術入院の時よりリハビリ入院の時の方が、不眠の状況は悪かった。何が不眠の原因かと考えると、なにより心境が不安定で、現状の症状を自分なりに納得できていないことだった。

事故記憶のフラッシュバックもある。突然、思いのなかに激突する場面が出てくることで精神的に不安定になり、リラックスした状態が保てなくなる。そのことで興奮状態になり、眠気が一気に飛んでしまう。ただその時に、「なんで松山まで車で来たのだろう」と後悔する感情は一切なかったことは救いであった。起きたことを今更悔やんだところで、なにも改善しないという普段からの考え方が良い方に確保されていた。

それと極端な異常ではないが、トイレの回数（小用）が日々10回程度あり、今までの自分からすれば日々5回程度だったのに、ついついトイレに行ってしまうことになっていた。一度トイレのことを考えると、ちょっと行っておこうと思うようになり、トイレに行ってしまう。しかし退院後にはそれが一切なくなり、不思議なことに元に戻った。

病院のトイレには、扉の内側に落書きがあった。「何事も辛抱」と書いてある。トイレの落書きは、世の中にいろいろあるようだが、病院でのこの格言的な言葉に私は不思議に感動したし、納得したし、とりあえず的を得ていて、病人の心境を表していると思った。これを毎回、目にする。

　確かに、治療も辛抱だし、リハビリも辛抱だし、病院生活も辛抱だしで、その通りである。入院時の痛みには、大腿部の手術箇所で、縫合の表面というよりは内部に痛みがあった。肉の厚い箇所なので、肉を切り開き、骨を金属でつなぎ合わせ、縫い合わせるということになると、素人考えであるが、分厚い肉の断面がつながらずに剥離したりして出血状態にあるのではないかなどと考えてしまう。だとしたら、それを検査したり調べたりすることはできないものかと検査医に聞くのだが、わからないとのことで、結局「ひにち薬」ということに落ち着いてしまう。

　この痛みは長きに至り、結果的には二年以上かかって、ようやく痛みの軽減と共に不安もなくなり、固いところへも座れるようになった。

　病人は、自分で痛みを探して不安に陥り、どんどん悩みを大きくしていって落ち込んでしまう。それが病人と言えば病人なのかもしれず、焦っても仕方ないと思いながらも、以前のような元気な姿を思い浮かべ、そのことが現実的に見出せないと、このまま障害者として生活するのかと思い込んでしまう。

　この時期、ある作業療養士の方から、「牧野さん、このところずっと眉間にしわを寄せた顔をしていますよ」と言われた。自分では気が付いていなかったのだが、人の顔や表情は意識しなくても出るものなんだと、言われてドキッとした。だがその反面、そうやって自分のことを見守ってくれる方がいるのだと、それが何より嬉しかった。

この時期の私は、8階から病院の下を見る時、このまま落ちると死ねるかなと考えたりして、気持ちのぐらつきに情けなく感じたものだった。

人間、年を取っていくと悟りの境地に入って、なんでもわかる、なんでも対応できるなどと思い、若い人に対しても人生を語りたくなるようなところがあり、年さえ取れば偉いなどと勘違いすることも往々にしてある。しかし現実は、いくら年を取っていても経験していないことはガキ程度の考えでしかなく、精神的には未熟と思うべきで、若くても自分を超えている人はいくらでもいるということを思うべきである。

会社の新人教育で、自衛隊に体験入隊。写真上、左が私。
体力には自信があった。

このころ私は、世間で起きる自殺の原因は、先が見通せないことを悲観するせいだろうかと考えたこともあった。

ずっと昔、私は高校卒業後に就職した最初の会社で、新入社員教育の一環として陸上自衛隊に4泊5日の体験入隊をした。大阪にある第36普通科連隊である。男子社員80名が入隊し、最終日に体力検定を行ったのだが、私はそのとき最優秀で表彰された。そのことを含め、その後の人生でも〝絶対的体力〟を持つ人間としてプライドを持っていた。

そんな自信が、事故で不自由な体になることでへし折られるとともに、また今後、そんな元の自分に戻れるかどうかが不安で、心が揺らいでいた。

そういう人一倍元気で体力のある人間が、先の見えない厳しい現実を突きつけられると、その反動で、落ち込みが大きくなってしまうことに思い至ったが、私はそれを乗りこえなければならない。

5月20日

今日は病院でのイベントで、ボランティアによる三線の演奏会があり、それを聞きたいがためにリハビリ時間を調整していただく。

三線は私の新しい趣味で、独学で練習を始めていたが、そもそも三線の演奏会へ行くために松山で事故を起こしたので、興味あることとは言え、複雑な心境だった。
久しぶりの三線演奏の音色は心地良かったけど、心から楽しかったかといえば少し違っていた。やっぱり健康状態の良い時の方が、より一層感動すると私は思ってしまった。人間の心は難しい。

5月22日
今日は頭部CTの検査と血栓エコー検査を実施。頭部は所見的に異常はなく、問題ありませんということだった。一つ一つ安心ごとがあると嬉しいものである。
ただ、血栓エコー検査では左ふくらはぎに2ミリ程度の血栓が見られるとかで血栓を溶かす薬を薦められた。

5月26日
事故より67日経過。
左骨盤を接合しているため、左足への加重は絶対厳禁であったが、この日、レントゲン診察を終えて50パーセント加重をしても良いことになり、加重訓練が始まった。
平行棒の歩行では、途中体重計が置いてあり、その体重計に左足を乗せていく。これがなんと怖いことか。今まで加重を掛けた歩き方をしてないところへ加重を掛けても、手術した箇所は大丈夫なのだろうかと大いに心配する。

その加重は、体重が62キロとすると50パーセントは31キロということになる。体重計の目盛りを見ながら31キロ以内で加重を乗せていき、その踏みしめる感覚を習得する。

これが簡単そうで難しい。31キロを越えないように踏みしめるのだが、どうしても恐怖心で20キロあたりになってしまう。理学療法士が横についてやっているだが、もう少し踏みしめても良いと言われて踏みしめると、35キロほどになり、ヒヤヒヤものになってしまう。

この訓練では、10日間ほど怖い思いが続いてしまった。

左足へ負荷をかけても良くなってから、車椅子から立ち上がってストックで歩く訓練もやり始め、確実に実生活へのステップに進んでいくことに少しずつ喜びが湧いてくる。

5月27日
体重測定で63・８kg。相も変わらず病院食で体重は増えず。

5月28日
エコー検査の実施。特に何もなく安心。

5月29日

脳波診断。特に何もありません、というコメントに安心する。自分としては事故の衝撃は相当なものだったので、事故から70日経過していても一抹の不安はあった。ホッとする。

6月7日

病人という立場で、限られた空間に閉ざされ、変化のない生活パターンを過ごしていると、ふと太陽のもと、風に吹かれて癒されてみたいとでも言おうか、不思議にこの日は、病院の駐車場で一人ボーッと周りの田畑の景色や空の雲の流れを追ったりして、お尻の痛さも忘れ、1時間ばかり過ごしてしまった。こういう心境はなんだろうか。

病院にはいろいろな患者さんがいて、世の中、こんなに病人がいるのかと思ってしまう。健康で、こういった環境に身を置かないと知り得ない世界である。逆に、患者になってしまえば世の中から忘れられた人になっているわけで、私は実生活から忘れられた存在感のない人間だと深刻に考えると、情けなくなってくる。

しかし院内ロビーなどでは、脳梗塞などで身体が不随になったのか、車椅子の喋れない夫に、奥さんが動かない手をさすりながら「お父さん、何か言ってよ……」などと語り掛けている老夫婦の姿を見ることもあり、いずれ年を取れば私もこうなるかも知れないが、俺はリハビリを頑張ればまだ実社会に復活できる、と強く考えさせられた。

6月9日

左足への加重が今日から70パーセントの45kgになった。歩行訓練の平行棒で途中に体重計を置き、歩くなかで体重計に加重をしていく。最初からすると随分慣れてスムーズな訓練になる。

6月10日

この日はわが家に農家体験に来ていただいた方がお見舞いに来てくれた。彼女は県内の方で、海外青年協力隊の経験者である。インドネシアから帰国後、北海道の富良野へ仕事に行く忙しい時間の合間を縫って来てくださったということだった。

何が病院生活で嬉しいかというと、元気になる実感と、お見舞い客ということだと思う。こうやって人のつながりに支えられていくことは、本当の幸せなのかと思う。心配してくださる人がいる限り、元気になって何か世の中に返さなければと強く思ってしまう。

この日、積もる話で1時間以上も喋ってしまった。

6月12日

リハビリ中に確認された左膝の靭帯損傷の検査のため、外部医療機関に出かける。初めての外出でもある。車から見える景色が何か新鮮に見える。

本来からするとMRIによる診察なのだが、私は胸の銃弾のため、医師の長い経験と勘に頼る指触診察に頼るしかなかった。

その診断の結果、裏十字靭帯が延びているということで、「手術だと半年はかかります。しかし断裂をしているわけではないから、このままでも筋肉を鍛えれば通常の生活には問題なくなります。その方が良いと思います」との話だった。私は、言われる通りの方法で復活しようと考えた。

6月18日

2回目の外出。近所のホームセンター、靴屋、ラーメン店と回り、久しぶりに食べたラーメンや餃子が美味しかった。人間、美味しいものを口にすると元気が出ることに改めて気付いた。

6月20日

近々来る二足歩行の訓練のため、左膝の靭帯を補助するサポーターを試着した。付け心地は良く、安心感のある装具となった。確実に良くなっていく状態での、退院に向けての準備である。

6月22日

外出3回目。この日は大型商業施設に出掛けた。時折、松山へ来たときに立ち寄ったこともあったのだが、改めて不自由な身体で来ると、トイレも障害者用を使用しなければならないし、歩く距離も多くは歩けないしで、思ったより楽しい感じは少なかった。人間、健康あっての楽しさだと思った。

6月23日

事故から93日目にして全加重となる日である。ただし、発注した膝サポーターがまだ出来上がってないため、全加重の歩きは延期となる。

6月25日

膝サポーターが出来上がり、装着する。個人個人に合わせて採寸しているので違和感のない付け心地である。95日目での二足歩行である。歩き出しの怖いこと。変な話だが、久しぶりに歩くことで64年間歩いてきたことを忘れているとでもいおうか、どうやって歩くのかな?というような意識になり、貴重な体験をした。

歩行状況を担当医師に確認していただき、問題なしとのコメントをいただいた。

27 事故後、初めて帰宅

6月26日
96日目の試験外泊となって、久しぶりに自宅へ帰ることになった。自宅への移動は妻の運転する新しい軽乗用車である。
病院からの移動経路は、松山から西予市まで高速道路で走るコースとなるのだが、まず車の乗車席は後部座席にした。なぜかというと、事故のフラッシュバックで、怖くて前席に座れない。あれほど車好きだったのに、事故の衝撃で気持ちまで壊れ、修復できていなかった。それと、事故現場を通行することができず、高速道路をキセルするという変な通行になった。事故現場を見るのが恐怖で、そこを通行することなど、とてもじゃないが考えられなかった。
松山から西予市までは、途中、伊予インター・内子インター・大洲インター・そして西予市となるが、私の事故現場は伊予市と内子の間となので、松山ＩＣから乗って伊予インターで降り、伊予市から内子までは一般国道56号線を走ることになる。もちろん復路もこのパターンになって、しばらく続くことになった。人間の気持ちは本当に弱くて傷つきやすく、すぐには修復できないことを改めて感じた。

これは半年余りも続くことになり、リハビリ病院へ転院する時に耳にしたタクシーの運転手さんの話を思い出し、変に感心してしまった。

また、路面の悪いところでは、車内で腰を浮かせる変なことになっていた。大手術の臀部が車の路面からの振動で疼くのである。前の軽乗用車もそうだったが、サスペンションを車両のオプションであるスポーツサスペンションに変えていたから、なおさらであった。元気なら問題がないのだが、こんなことが悪さするとは思わなかった。

久しぶりの自宅泊で参ったことがあったのは、病院を出る際に睡眠導入剤を持ち帰ってなかったことだった。住み慣れた空間、妻の美味しい食事。気分的にも安心な自宅でもあり、ゆっくり寝られるかなと思っていたのだが、寝付けない。嘘だろうと思ってしまった。もちろん病院でも気持ちよく熟睡していることは少なかったのだが、まさか自宅でも寝付かれない事態になろうとは思ってもみなかった。布団に入って3時間、眠いような、眠くないような状態でイライラしながら待つのだが、睡魔が襲ってこない。そのようすに妻が気付き、薬箱の中に睡眠導入剤があったのでは、という話になり、2錠ばかり残っていたのを確認する。服用後、あっという間に眠りの中に引き込まれていた。

身体は労働をしていないから疲労感は少なく、また心は事故のフラッシュバックの景色に中にいて、恐怖感や何もできない喪失感が充満していた。そんなことから睡眠に関して不安定なことになっていたのではないかと思う。

酒でも飲めば眠れたのかもしれないが、アルコールは大きな手術箇所が痛むのではないかと考えると、飲めなかった。もともとアルコールには強くない方だが、飲用すれば酔いに任せて眠れるとは思わず、むしろ適度な疲れが必要なのだと思い、家の中でストック使いながら何回も歩行訓練をした。ちなみに、廊下を通りながら部屋から部屋へ歩くと30メートルほどあり、結構訓練になった。

6月28日まで2泊3日の自宅泊で、再び病院の人となる。

6月30日

事故から100日経過。長いと思ってみたり、短いと思ってみたりして、不思議な感情のぐらつきである。

リハビリ生活も長くなってくると、患者同士余り会話することが少なくなるが、そんななかでも、気の合いそうな患者たちで住んでいる町や仕事のことなど会話することがあり、気晴らしになって良かった。ただ、男性は女性に比べ、井戸端会議的な集団はできにくい感じがした。

28 事故後の診察でわかった銃弾の軌道

7月2日
手術治療病院である県中央病院で、退院後、初の診察である。
全身ＣＴ診断装置での撮影の実施。１０２日前に搬入された時にＣＴで撮影してくれたＭ技士が「順調に快復されていますね」と言ってくれた。事故当時の状態を知っているだけに経過を案じてくださったのか、確実に良くなっていることを非常に喜んでくれた。多くの患者さんがいるなかでも、大きな事故や怪我をした患者については、細かく記憶にとどめてくれているのだと感謝した。
この時、私の胸にある銃弾の話になり、「現在の位置からすると、これは肺を貫通していますす」ということであった。医療機関にお世話になるたびに、いろいろな時代の機器により新たな事実が出て、改めて驚くばかりである。

肺を貫通したとなると、肺の大きな血管でも損傷しようものなら、当然死ぬ危険性もあった。以前にも書いたが、銃弾が前から入り、鎖骨に当たり、その丸みの面で後ろ斜めに銃弾が滑り、肺を貫通し、肺を抜けた場所で収まったということになる。銃弾の軌道がまた改めてわかったような気がした。

ではその当時、肺は貫通によって出血したり、肺胞に損傷を受けたりすることはなかったのだろうか？　当時そのあたりの自覚症状もなく、銃弾の有る無ししか調べていなかったので、肺まで調べる術《すべ》がなかったのかもしれない。

今度の事故でも肋骨が折れ、そのために肺が半分ほど萎んでしまっている。本当に運の良い、奇跡的な命拾いをしている。

こうして事故後の診察とは別に62年前の事故のことがわかり、改めて感動してしまった。

夕方、２回目の自宅泊で帰ることになる。

７月３・４・５日と３泊４日の外泊で、確かに自宅の生活は快適である。人生最期の時は自宅で過ごしたいという気持ちがよくわかる。

自宅での生活が近づいていることが実感されるが、今回は睡眠導入剤を持参している。妻の美味しい食べ慣れた食事、見慣れた景色、寝心地の良い枕、手身近なところのある新しい趣味の三線の音色、何をとっても快適である。

しかし、リハビリ中の人間である。病院から渡された図解カリキュラムに沿ってリハビリの訓練を実施し、少しでも失われた筋力や柔軟性を取り戻すことは忘れずにやった。

この段階で、退院は7月26日頃になるという話が出ており、26日までにも自宅泊をしようと考えていたが、今回を最後に残り少ないリハビリに専念しようと思い、外泊はやめることにした。

29　リハビリの自主トレ開始

7月7日

病院に帰ると、以前からやっていた自主トレの頻度を上げるようにした。朝練ならぬ早朝トレーニングで、院内の歩行範囲の拡大、廊下などでは壁手すりにつかまっての屈伸や足上げ、長椅子での腹筋と、できる限り実施。トレーニングを行うことで問題や疑問点があれば、当日のリハビリで理学療法士や作業療法士にすぐアドバイスを受けることができるので、心強い思いをした。

院内での歩きの機能が良くなってきたことから、病院周りの外歩きの訓練も始めることになった。

病院の周辺は住宅が点在し、田畑が広がり、小さな神社もあったする、どちらかと言えばのんびりとした郊外の田園地帯だった。私が入院したころから、田畑では田起こしや田植えがあり、外歩きをするころには田植えした稲が成長していて、青々した水田の景色に心癒された。

リハビリ散歩は、もちろん筋力を付けたり持久力を付けたりすることも大事だが、精神的にも癒される訓練だったように思える。

夏場の日差しを麦わら帽子でしのぎ、両ストックで支えながら作業療法士と世間話をしながら歩く。初めての外歩きは約７００メートルだったが、その時はこれが自分のできる範囲だと思った。

7月10日
リハビリと外歩き散歩７００メートルの実施。
院内での入浴は、不測の事態を想定して、１人だけで入浴することは制限されていたが、空浴槽での入浴訓練を経験し、問題ないと判断された人は院内の温泉浴室に１人で利用できるようになる。ただし、初日は実際の入浴時に作業療法士立ち合いのもと入浴することになる。脱衣場での動作や身体を洗うところ、浴槽への出入りなど、全ての動きを確認される。浴室内には至るところに手すりが付いてはいるものの、何かあればすぐに対応できるよう、作業療法士の方が一部始終を確認している。仕事とはいえ、おじさんの美しくない身体を見てもらい、申し訳なく思いながら若い独身の作業療法士に安全を任すしかなかった。本当にありがとう。

7月11日

リハビリと外歩き散歩1000メートルの実施。少しずつ当日の状況により距離を延ばしていく。時間的制約はあるものの、無理は禁物と考える。目標は退院までに3000メートルを達成すること。

7月12日

リハビリ外歩き散歩750メートル。

病院には多くの患者さんがいるが、皆さん、それぞれの思いがあってか、余り会話することもなく入院生活を送っている感があり、ある意味寂しい感じがあった。若い人は小学生や高校生、年配の人は90代の方までいて、会話が成り立たない雰囲気は確かにあるが、お互い、つらいリハビリ生活をしている点では同じような気持ちのはずである。

そんなある日、患者である1人の女性と会話する機会があり、お互いの入院のいきさつや現在の状況を話すことにより、入院生活で行き詰まった心がときほぐされるような気持ちになった。短い時間ではあったが、会話する機会があり、女性の強さを感じさせられることもあった。

入院中、私はずっと2人部屋だったので、大勢の人と同室になる他の人たちよりは良かったのだが、同居人が3人も変わった。いろいろな個性を持つ人もいるから、リハビリより、その方がストレスになるところもあった。

松山リハビリ病院の前で、妻と。

7月13日

リハビリ外歩き1000メートルの実施。リハビリ後、温泉に入浴する。温泉の香りと身体を包むお湯に癒される。

7月14日
リハビリ外歩き1000メートルの実施。リハビリ後、温泉に入浴する。極楽。

7月15日
リハビリ外歩き700メートルの実施。リハビリ後温泉に入浴する。さっぱり。

7月16日
リハビリ外歩き700メートルの実施。リハビリ後、温泉に入浴する。明日も頑張るぞ。

7月17日
リハビリ外歩き1000メートルの実施。リハビリ後、温泉に入浴する。達成感。

7月18日
リハビリ外歩き1700メートルの実施。リハビリ外歩き800メートルの実施・2回挑戦。

7月19日

リハビリ外歩き800メートルの実施。リハビリ外歩き1000メートルの実施。リハビリ外歩き700メートルの実施。今日は3回実施。退院の日が迫っているので、訓練レベルを引き上げ。

この日はリハビリ担当の方が1人お休みのため、代わりの人にやっていただくことになった。

リハビリカリキュラムに従ってやっていただくわけだが、自己紹介的な会話をすることで、ある程度治療する側と、治療される側の気持ちがつながるとでもいうのだろうか。私的には気持ちがつながらないと、リハビリ効果は上がらないように思う。

治療を受けながら話をしていると、その人の親御さんは松山に住んでいるが、吉田町の出身だとのこと。地名を聞くうち、私の高校の同級生で、作業療法士さんはその娘さんだということがわかり、びっくり。事故がない限りこんな出会いはないわけで、広い世の中、こんなことがあるんだねと、不思議なつながりに驚いた。

7月20日

リハビリ外歩き700メートルの実施。そのあとリハビリ外歩き700メートルの実施で、合計１４００メートル。頑張ったなー。

7月21日

リハビリ外歩き７００メートルの実施。歩行距離が少ない感じがするが、リハビリをしながらの距離としては、この程度ではないかと考える。元気な時のことを思うと情けなくなるが、これが現実だ。

7月22日

今日は64歳の誕生日である。今はリハビリに専念して元の元気、元の身体に戻すことが第一。リハビリ外歩き７００メートルの実施。

7月23日

体重測定62・１kg。病院での食事で体重増は難しいようだ。この頃になると主治医の了解のもと、プロテインなどのサプリメントを摂取することとしていた。リハビリ外歩き８００メートルの実施。

7月24日

ここ最近、リハビリ外歩きで立ち寄る場所があり、そこは波賀部神社という地元の小さな社を構える神社である。別に神頼み的な信仰心で行くわけではないが、自分の誓いの場所としてお参りをしていた。そうすることで、安心することができた。

7月25日

退院前日、リハビリ外歩き700メートル2回。いよいよ明日退院。退院が迫ってくる状況になると、一刻も早く退院できれば良いのになあーと考えるようになっていた。

7月26日

リハビリ入院最終日。本当に最後の外歩きで、700メートルのリハビリ。結局、最後まで3000メートルを達成することはできなかった。

事故から129日目。リハビリ入院90日を終了し、無事退院となる。

久しぶりの自宅生活の復帰開始だ。元気といっても、家にあっては正座もできないし、あぐらもできないし、固いところへ長い時間（30分程度）は座れないし、家の中ぐらいだといいのだが、外だとストックなしでは歩けないし、坂道だと上り下りが手術した腰や膝の靭帯などが痛んでつらい。

7月29日

リハビリ病院の退院前に、引き続きリハビリをするに当たっての話があった。これからは松山ではなく、地元の宇和島市の病院に通院して行った方が、移動時間の短縮も含め、身体に負担がないだろうということになり、家から14キロほどのところにある病院でリハビリすることが始まった。

その病院では、大きなダメージを受けた患者のリハビリはしたことがないようで一抹の不安を感じたが、リハビリを任せることにした。

回復はしてきているものの松山とは違う内容で進行し、リハビリは20分から40分間程度のものとなる。そもそもリハビリそのものが、実施したから即効果が現れてくるというものではないのだが、日数を掛けて行うことに納得するしかなかった。

30　退院後、再びハンドルを握る

8月8日

盆休みで息子家族が帰省してきた。息子は自動車関連の職業で、車やバイクの運転インストラクターをしているのだが、その息子の指導によって私の運転を再開しようと思い、帰省したときに指導してくれるよう頼んでいた。なにしろ私は、まだ事故の衝撃から完全に脱け出ておらず、通院リハビリの際には妻に送迎をしてもらっていたので、そろそろ妻の負担を減らさなくてはと考えていたのである。事故で運転免許が失効したわけではないので、再開するに当たっての問題はなかった。

運転の練習は、一般道ではできないので、駐車場の広い農協関係の場所ですることにした。現場までは息子に乗せてもらって行ったが、この時の車は軽トラックだった。

この時、すでに新しい軽乗用車があったのだが、事故の記憶が邪魔して運転席に座ることができない。理屈ではなく怖かった。事故から5カ月になるというのに、なんでだろうかと思いたくなる。

軽トラックは、ほぼ毎日、仕事の関係で乗っていたものだし、長い運転経験もあったので、操作にしてもなんら問題なく乗りこなすことができた。したがって、帰りは息子を助手席に乗せて帰るほどだった。

ただ、ギア車両のためクラッチ操作を必要とするのだが、クラッチペダルを踏むのは左足である。腰と膝の痛みは残っていたが、なんとか我慢できる程度になっていた。

あんなに乗用車の運転席に座ること自体に恐怖を抱いていた私が、トラックにはすんなり乗れたのは、考えてみるに着座姿勢に違いのあることが大きいように思う。事故を起こした乗用車からすれば、トラックは着座の位置や前方への目線が高い。事故の時は、低い目線での姿勢から対向する大型トラックを見上げる姿勢でぶつかったので、そのことが強く記憶され、フラッシュバックしているのではないかと思う。

私は、息子とは以前からバイクの走りの話や、レースの話などをいろいろしていたのに、レース映像が出てくると「止めてくれ」というようになっていた。不思議に、あれほど好きだったものが受け付けられなくなっていたのも、そのせいかと思う。

結局、息子が帰省しているあいだに乗用車を運転することはできず、再開できたのは、なんと事故から9カ月後の12月だった。しかも運転を再開する前には、何回か駐車中の車の運転席に座り、自己暗示をかけて事故の恐怖を解く訓練をした。

ヘリコプターのファーストソロフライトの恐怖とは違った恐怖だった。車では過去のことに恐怖し、ヘリコプターではこれから起きるかもしれないことへ恐怖する。元気になった今から考えると馬鹿みたいな話だが、紛れもない事実である。

8月10日

通院リハビリへは、軽トラックを自分で運転して行く。特に恐怖心もなく、車好きとしては久しぶりに快適に走らせることができ、楽しいものであった。

8月、9月と、週2回ほどのリハビリがメインとなる生活が続く。しかし、リハビリで爽快に回復したかというと、それは体感できない状態で、病院から帰宅すると4時間ほどはベッドで横になることを余儀なくされた。しかも、妻にリハビリのリハビリをしてもらうほど、状況は停滞していた。

夏の暑さも、弱った体には厳しくこたえた。妻は私が松山でリハビリをしていたとき、作業療法士に簡単なリハビリのやり方を習っていた。松山リハビリ病院に入院していたとき、私は足の腫れがひどく、そんなときにどう対処するか処置の方法を習ってくれたのである。7月に一時帰宅した時も足の腫れがひどくて靴が履けなかったのだが、妻がマッサージしてくれたおかげで腫れが引き、履けるようになった。長い病院生活で機能の落ちていた私の身体が、妻の愛情で好転したものと思われるが、入院からずっと迷惑と心配を掛け続けた妻には心から感謝したい。ありがとう。

8月18日

リハビリの一環として、両ストックを突きながら地区内で歩行訓練を再開した。松山での歩きはまったくの平らなコースだが、当地区には勾配がある。わが家は海から120メートルの距離、標高は10メートルのところで、坂を上り下りする状態なので、負荷がきつい。私の入院生活は4カ月間に及んだので、当然地区不在期間も4カ月である。地区の人たちからすれば、余りにも大きな事故だったので、私のことは身体的に不自由な姿をしているとばかり想像していたようで、当初、地区内で歩いたときは、ストックを突いてはいるものの、とりあえず元気な姿に皆さんびっくりした様子だった。人によったら「足はご自分のものですか?」などと聞いたり、「運良く助かったのも、悪運が強いからだね」と言ったりする人もいて、思わず笑ってしまった。

なかには、「他人の不幸、わが幸せ」的なところもあったのか、「牧野家は事故で終わりだ」などと囁かれた噂話もあったそうで、それを聞いた私は思わず笑ってしまった。検診でガンの宣告を受けた際、たいていの人が「なんで私が」と思うように、人というものは、事故や災害、病気などの不幸事は他人の話で、わが身に起きることはないと考えてしまうものなのかもしれない。

それでも久しぶりに会う人たちからは温かく見守っていただき、事故や身体のことなどを、何人にも同じ話をすることになった。

この地区内の歩きは、最初６００メートル程度から始めることにした。９月に７００メートル、10月に８００メートル、11月に１０００メートル、12月に２０００メートルへと距離を上げるのと、２０００メートルのうち７００メートル程度は、勾配15度ほどの坂道の歩きを入れる。それに加え、40段程度の階段の上り下りも入れることにした。足腰の筋力を付けるためである。それもこれも、普段の生活を問題なくできるようにするのは言うまでもなく、筋力を必要とするみかん作りの仕事をもう一度やっていくためである。私は「絶対復活してやる！」という言葉をつぶやきながら、リハビリを続けた。牧野家の終わりを見せるわけにはいかない。ひいては、それが今回の事故で支援してくださった人たちへのお返しでもある。

10月16日

この日、通院リハビリにいつものように行った。

リハビリ後に、院長さんからの「話があるから時間を取ってください」との伝言をいただく。

「話！」

私は身構えるように院長の前に坐った。

話とは、愛媛県立中央病院整形外科のM先生が急死されたということであった。その先生は私の事故入院時の担当主治医で、大手術をしていただいた人である。なんということか！県立中央病院に入院中、手術後に先生と話をしたとき、「先生は若いから、今後何かあっても一生面倒見てもらえるね」と話していた。まさに、驚き以外の何ものでもない。

詳しいことはわからないが、M先生の見た目はまだ30代後半のような感じであった。患者としては元気な姿を見てもらうのが一番だと考えていたので、本当に残念なことである。

今回の事故では余りにも衝撃的なことが多く起きているが、さすがにここまで続くとは、私も思わなかった。個人情報制度で詳しいことはわからないが、大動脈破裂で突然死されたという話だった。

前日の15日、愛媛県立中央病院に3カ月の定期検診に行っていて、その時に急遽、M先生の予定が取れないので来週にしてください、という話があった。当日は何の疑問も持たず帰ってきたが、後にして思えば、それがM先生の亡くなられた、慌ただしい状況を意味していたのではないかと気付き、「そういうことだったのか……」と考えてしまった。

元気になって思うことは、私もM先生の余命をいただいた1人ではないかということである。そう考えてしまうところもある。

10月21日

変更になった日程のなかで定期検診に行く。新しい担当医はT先生である。やはりM先生は亡くなっていた。しかし詳細を聞くことはできなかった。ただ新しいT先生は、私の手術の際に参加されていて、「内容的にはわかっていますから、心配はありません」との説明をいただき、安心した。

11月16日

通院リハビリも5カ月になり、厚労省の通達でリハビリ日数制限というのがあり、150日を過ぎると通院リハビリは終了になる。私の場合、150日を過ぎても改善が見られないので、保険での治療になるが、再び松山へのリハビリ病院に行こうかと考える。

31　松山リハビリ病院へ通院

11月26日

90日間入院した松山リハビリ病院に、再びリハビリをお願いする。外来リハビリは日数的な法的制限はなく、患者さんが納得する症状まで治療を受けられるとのこと。基本20分の治療時間だが、入院時にお世話になった先生から「宇和島の遠方から来られることですから、40分間とさせていただきます」との言葉をいただいた。

ある程度気持ちの通じた医師とスタッフの方たちに、安心してお任せできることが嬉しかった。気持ちがどこか弱い患者としては、心からリハビリされる感じであった。

みかん農家として、9月の中旬から品種ごとに収穫が始まっていくなか、収穫作業や草刈り、除草剤散布、摘果作業は、妻と友人の手伝いで進めるしかなかった。入院中は妻に看病と農作業の両方で負担を掛けることになった。夫婦というもののありがたみを強く思う。

また、以前農業体験に来られた方たちも休みを利用して手伝いをしてくださった。それも大阪や名古屋からである。まったくありがたいことです。感謝、感謝！

話は前後するが、入院中の5月にも河内晩柑《かわちばんかん》という品種の収穫があった。その時は身内・親戚・地区の有志の人たち40名が収穫・選果・出荷の役割を分担してくださった。以前から当地区においては、家族の病気などで生産や営業的な不具合が発生したとき、互助会的に手助けできる人たちが参加するようになり、そうしたしくみのようなものが自然的に出来上がっていた。

これは狭い地区の限られた戸数と人間が、地区自治会組織や共同防除組織、消防団組織、生産組合組織のなかでお互いが重なっており、人や家が欠けることが地区の崩壊につながりかねないという危機感があったためだったと思う。地区がある意味、〝運命共同体組織〟であり、自分さえ良ければという考えを持っていると、結局一時的なものは別として、最終的にわが身の居心地の悪さになり、繁栄できなくなるかもしれないと思う。

12月2日

外来リハビリの開始である。

入院して慣れ親しんだ施設なので、安心してリハビリを受けることができ、なにより気持ち的にリハビリ効果が出るような気がした。

リハビリの基本的な考えとしては、「痛みなどの軽減」「可動部の適正範囲の確保」「筋力のアップ」などがある。この時期、腰の手術部分には、まだ内部的に痛みあり、その部分については、マッサージすることはできなかった。

通院リハビリでは、マッサージをしなければならないということだったが、結果的にはこれは良くないと思った。手術部分が組織的に固くなったりすることはないわけで、揉みほぐす方がかえって内部組織を傷める気がした。リハビリでのやり方によっては、専門家であっても後遺症を残すようなことになりかねず、治療者自身が気をつける必要がありそうだ。ということで、無理な痛みを伴うような関節の曲げなどはやるべきではないと思う。

それと外来リハビリに行くにあたって、生活上のいろいろなトラブルを相談できることも大きな安心につながった。

たとえば生活のなかで、正座やあぐら座りはつらいものであったが、風呂で体を暖めておき、浴槽内で痛みの伴わないところまで曲げて正座すればいいというアドバイスをもらった。あぐら座りと合わせて、結果的に半年かけて入浴のたびに膝の曲がりを進めていき、今まで通りの動きにまで復活することができた。

リハビリの基本は病院などにあるが、復活しようと思えば自分でやることもできる。私のように怪我をした人は大変だと思うが、その努力が最終的に自分に返ってくることを信じてやっていただければと思う。

12月に入り、週1回、妻の運転する軽乗用車に乗せてもらって外来リハビリに行くことになったが、相も変わらず後部座席に乗っていく状態で、高速道の事故現場を避けてもらっていた。しかし、途中の一般道への走り抜けがストレスになってきたため、ついには高速道だけで行くようになったものの、事故現場を通る時には後部座席で深く帽子をかぶり、下を向いてやり過ごさなければならなかった。

とにかく事故現場を見ることができない。なぜと言われても、説明できない。不安とか恐怖とか記憶のよみがえりとか、いろいろな感情が湧き起こる。事故現場を見ないようにしていても、長い間の走りの感覚で道路の通過状況がわかってしまうので、怖いという感情が払拭できない。

松山へのリハビリは、肉体的なものと精神的なものの復活をするために通院していたようなものだった。傷んだ体と心は、同時進行で改善しないと平穏な私生活が訪れないことに気付かされる。

私は、妻の運転する車で、後部座席から助手席へと移動し、徐々に気持ちのリハビリを行っていった。これは自分で乗り越えるしかない話だと考えた。

32　事故現場を自らの運転で通過！

12月17日

松山行きのリハビリを、私自身が乗用車を運転して行く。初乗り！

いつかは乗り越えなくてはならないわけで、車そのものの操作は特に問題ないから恐怖心に勝つしかない。

しかし事故現場での通行はできず、一般道の通行である。徐々に慣れるしかないと思う。

平成28年1月14日
ついにやるしかない。意を決し、松山へのリハビリで、自らの運転で事故現場を通過することにした。

その時は来たのだが、何気なく通過してしまった。ただし、帰路は事故と同じ下りの車線である。穏やかではないけれど、現実は事故現場をいとも簡単に通り過ぎてしまった。それで私は、「気持ちの峠は乗り越えてしまった」ことに、安堵感と自信を取り戻した。

あの２０１５年３月21日は不幸の日ではなく、命の助かった良い日であったということだ！

このことから、戦争や大災害や事件や事故などによる心の傷は長く引きずる話をよく聞くが、わかるような気がした。

ただ解決策は、最終的には自分がどこかで納得するしかないことと、時が経つことも、そのひとつかもしれないと思う。

平成29年12月29日
外来リハビリ終了。

平成27年3月21日の事故以来、経過日数

手術入院　39日

リハビリ入院　90日

通院リハビリ　41日

外来リハビリ　48日

定期検診　11日

定期検診は3カ月おきから半年おきとなる。

33　九死に一生を得て

多くの日数を費やして、また多くの方々のおかげで再び社会に復帰することができた。

私は人生において2度ばかり、大きな「九死に一生」を体験している。

会社員時代、出先の仕事場であったが、過労で倒れ、機転の利く人が近くの救急病院に搬送してくれた。血圧が30あたりになりながらも、対応処置の速さから一命を取り留めたことがあったりしたので、体験的には運の良さがあったのかもしれない。しかし、これは人の助けがあってのことで、助けなしに命拾いは考えられない。

一発の銃弾の人生だけでも希有な経験であるのに、さらに自動車による大事故での「九死に一生」がさらに起きている。

この命のあることは何が理由かと考えるが、いくら考えてもわからない。

でも、私は命あって生活している。この生かされている運命を何かに返せるとしたら、何をすれば良いのだろうか。まずは、自分を地球上の生き物として存在させてくれた先祖や親、そして身近な妻や子どもたち。これから命を全うしていくうえにおいて、お世話になる人になるだろう。

世の中には、九死に一生という経験をしている方たちがほかにもいて、皆さんそれぞれにドラマがある。

これから先、災害・事故・病気・事件など、いろいろな試練があるなかで、わが身を含め、多くの人たちが幸せに命を全うできることを願いたい。

何度も考えるが、二度の大きな事故に遭遇しながらも、私は今を生きている。この命をもらったのは一体なんだろうと、何回も、どうしても考えてしまう。単に運が良かったと言えばそれだけのことだが、こうやって命が助かるというのは、何かがあるのではないかと思いたくなる。

銃弾による命拾いを考えると、年齢が６歳程度だったから、将来的なことに期待して命をもらったのか？　誰にもらったかというと、いるかどうかわからないが、神様かなと考えたりもする。しかし、私はそこに考えはいかない。

これはどんなに考えても結論の出る話ではないし、理屈もない。としたら、自己満足的に将来の生き方を試されたのかもしれない、と思うしかない。

それと、人生62年ぶりの命拾いはなんだろう？　62年間の何かが、余命の延長をされることをしてきたのだろうか。

では具体的に何と考えるに、小学校・中学校・高校・社会人になってからの青年期・中年期・壮年期と考えていくなかに、何があるのだろう。何かをしたから寿命をもらったというのも変な話である。

昔からある、何かの恩返し的なこともあるのかなとも考えてしまう。昔話の六地蔵とか、浦島太郎とか、おむすびころりんとか……。ことわざにも、情けは人のためならず、というのがあって、なんとなくわかるような気がするが、それも科学的ではないし、理解もできない。

世の中の大半の人は、社会のために汗水流し、貢献して頑張っているわけで、事故や事件、災害、病気などで不本意に命をなくすことはあり得ないような気がするのだが、特に私の場合、希有な体験であるが故に強く考えてしまう。

もうずいぶん前の話だが、空港に行ったとき、ある若い家族が駐車場で自家用車の鍵を閉じ込めてしまったらしく、途方に暮れると同時に夫婦喧嘩になっていた。たまたま私はその場に遭遇することになったのだが、その車が当時私の勤めていた自動車メーカーが生産していたもので、職業的に内部構造が分かっていたので、申し出たうえ、ある事務用品を使って解錠した。家族の緊迫した雰囲気は消え、皆さん無事に帰路に向かうその光景は微笑ましく思えた。

また、大雨の時にたまたま通りかかった場所で、溢れた雨水で側溝《そっこう》と道路の境目が分からなくなり、ある車両が側溝に片側脱輪して止まっているのを見かけた。そこは、周りに住宅のない田んぼのなかの道路である。運転者は困って思案している様子。今のように携帯電話がないころである。私は雨のなか、備え付けのジャッキを使い、傾いた車体を浮かせて道路にタイヤを乗せ、無事救出。私の妻は車内であきれて見ていたが、「困っている時はお互い様だよね」という気持ちが私には以前からあった。

最近ボランティア活動が注目され、いろいろな支援が報道されているが、私も東北の震災後、ささやかな支援をさせてもらっている。毎年3月11日の震災の日が近づいてくるころ、石巻のある小学校の全児童に柑橘を送っているのだ。その支援に対し、毎回、校長先生をはじめ全児童から寄せ書きをいただき、子どもたちの「美味しかった」という言葉に、みかん作りの苦労を忘れる思いでいる。

そんなことがここ数年続いており、子どもたちの思いが私の生命をつなぎ止めてくれたのかなと思ったりもする。

「東北を忘れない！」。人の想いとは、何かあるのかなと考えたりもする。


それから、みかんに関しては、今は私の生きがいになっている小さな個人的活動もある。

私は還暦にして孫を持ったが、孫に何か手作りのものを贈りたいと考えていた。その一つとして思いついたのが、木の幼児用の椅子である。赤ちゃんはハイハイから始まり、次につかまり立ちをし、そして歩き始めるが、その頃に椅子が欲しくなるかなと思い、思いついたものである。

木を切るといった木工は私の得意とするところである。そして、材料の木はみかん農家なので、みかんの木をはじめ、檜、杉、桜などいくらでもある。地区の人たちに声をかければ、種類はもっと多くなる。

私の作る幼児用の椅子は、簡単に言うと直径30センチほどの丸太を半分に割り、そこに足と背もたれを付けたものである。これを送ったところ、孫が喜んで日々の生活に使ってくれ

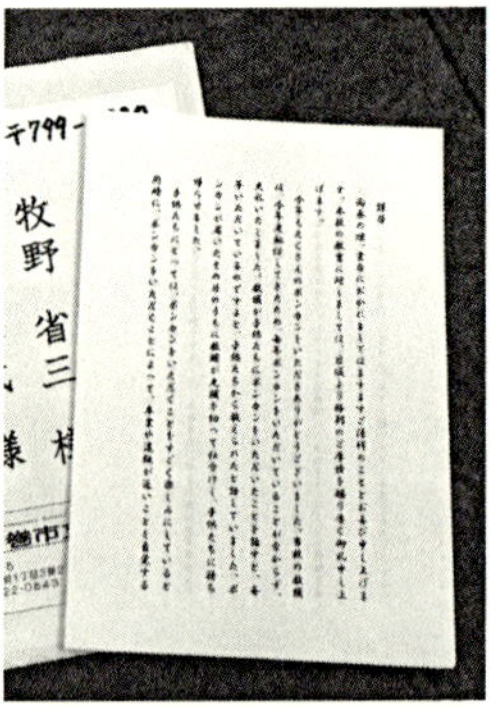

みかんを送っている学校からは、いつも校長先生の丁重なお礼状と、子どもたちの嬉しそうな写真が送られてきて、私たち夫婦も励まされる。

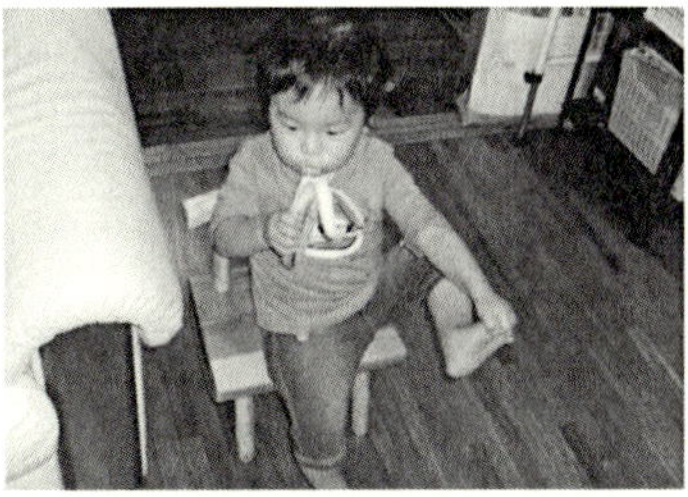

いろいろな人に送った手作りの椅子。プレゼントした人はみんな、木のやさしい手触りを喜んでくれた。
私の孫のところにも送ると、気に入って座ってくれたので、孫の成長に合わせ、大きめの椅子も作った。

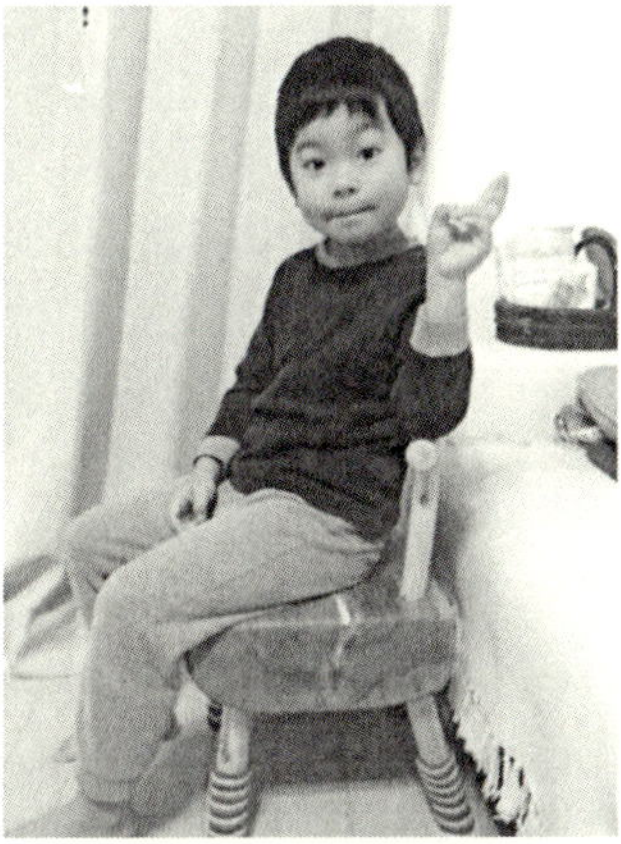

孫たちが来る前に作った木製の飛行機。早速それに乗ってご満悦。

ていると息子から聞き、私の生きがいになった。

やがて身内だけでなく、身の周りで赤ちゃんができるという話を聞くと、1歳のお誕生日にプレゼントするようになった。

幼児用の椅子にも、金属製品やプラスチック製品などいろいろあるが、なんといっても木でできた椅子には自然素材ならではの手触りがあり、人間が本来持つ感覚が成長とともに育まれるのではないかと思う。これまでに数十個を製作し、突然のサプライズということで勝手に送らせてもらい、喜んでもらったり、感動してもらったりしている。

私自身も、その感動の言葉を生きがいにして次なる製作計画を練っているが、まったく楽しい限りである。

日々の生活や仕事のなかで、材料の段取りをし、農作業ができない雨の時には木を切り、穴を開け、組み立てをしたり、磨きや塗装をやったりしている。送る先のことを考えると、なんともいえず嬉しく、ひとりニヤニヤしている。

いずれにしてもこれから先、社会のためにも、楽しい人生を全うするためにも、元気で頑張らないとね。

体には、銃弾の摘出手術痕、交通事故での大手術の痕と、大きな傷痕を残すことになったが、これは私の人生の紋章であり、生きてきた証しでもある。

身体が元気になり、前のようにバイクに乗る楽しさを取り戻した。

SUP(スタンドアップパドルボード)も、私の趣味の一つ。

新しい趣味、三線を弾くのも楽しい。

２度あることは３度あるにならないよう願って、生きたいものである。

車に対する恐怖心はなくなり、以前のようにドライブも楽しめるようになった。

第4部 西日本豪雨による被災

平成30年（2018）7月、流失したキウイ畑

34 西日本豪雨による自然災害体験

さて、ハッピーな話で締めくくりたかった本書であるが、私の人生はまだまだ山あり谷ありである。

平成30年7月、平穏を取り戻した私たちの生活に、突然、災難が降りかかった。いや、私たちというより、西日本各地の人たちに襲いかかった「西日本豪雨（平成30年7月豪雨）」による災害である。

正面の家が、私の自宅。近くの川が氾濫寸前。

畑も水浸し

雨は7月5日から降っていたが、6日の夜間から7日にかけては前線の影響で全国的に雨になり、西から荒れ模様の天候となって、愛媛県宇和島市も大雨の恐怖にさらされていた。

7日の夜中過ぎ、私の家では3階の寝室から、半地下施設の倉庫である1階に避難した。鉄筋コンクリート造りの倉庫内に、みかん収納用容器（コンテナ）を敷き並べ、その上にコンパネ（合板）を敷いて、さらにマットレスを敷き、その上で寝袋に入って寝た。照明は倉庫内の電灯、予備にＬＥＤのランタン、情報はラジオとタブレット端末であった。

この倉庫は上部に２階建ての木造建築があり、そういう面では建設から50年は経過しているが、頑丈な施設となっている。親たちも、以前から何かあればここを家庭内避難所としていた。

山から大きな石が転がってきた。

夜中過ぎには激しい雨だったが、明け方には小雨になり、大雨の心配はなくなった。しかし地区の中では、唯一の川の流れが土石流となった岩・石・倒木などによって阻害され、一部で溢れ出て住宅２軒が床下浸水の状態であった。

雨上がり後、私は自宅周りをチェックして回ったが、被害は確認されず、安心した。ただし水道の断水が発生した。停電の被害なし。

しかし、吉田町では斜面崩壊が２２７１カ所も発生し、後で知ることになるが、町内で11名の方が亡くなっていた。

また、吉田町に水を供給する浄水場が大雨による被害を受けて、壊滅的な状況だとわかった。この頃、浄水場の復旧には一年はかかるのではないかとの話であった。

結果的には1カ月の断水を強いられただけで済んだのだが、これは被害を受けた浄水場を復旧するのではなく、急遽、東京都がオリンピックで使う予定にしていた大型濾過装置を提供してもらい、別の場所に仮設の浄水設備を設置することで不自由な生活が解消されたものだった。

ではその間、水はどうしたかというと、初日は行政の方で用意された飲料水10リットルほどを、市役所の吉田支所に取りに行った。その後は支援物資の水を受け取ったり、全国の友人たちから送ってもらったペットボトルの箱入りが25箱ほどになったため、それらを消費しながらの生活となった。

これまで、よその被災地のようすを映像などで見ていて、ライフラインが断たれると厳しい生活になるということは認識していたが、それがわが身に起きると、これほどまでに、と切実に感じた。

しかしわが家では、飲み水・洗濯・風呂・トイレのうち、普段着の洗濯には水道水を使い、仕事着は山からの水を使ってやっていたが、すべて山水《やまみず》で対処したため、非常に助かった。

入浴も、夏場であったためシャワーで済ませ、これも山水を風呂場まで引き入れて利用していた。

水洗トイレも流せなくなったので、山水をバケツに汲み置き、使用するたびにそれで流して

キウイフルーツの畑も流出して、畑そのものが半分なくなってしまった。

いたが、これが日に何回にもなると大変だったため、洗浄水を山水に切り替え、使用するようにした。以前は山水を使用していたため、配管の切り替えだけで変えることができたのである。

わが家では50年前から、家の周辺にある2系統の山からの水を配管で引き、トイレ洗浄水・野菜などの水洗い・仕事着の洗濯・車の洗車などに使用し、水道水の節減に役立てていた。それが、今回の災害で大いに助かった。

こうした方法がすべての災害に通じるとは思わないが、可能なら、想定できる範囲でふだんから対応策を考えておくべきだと思う。想定外はあるだろうが、その時はその時である。私自身も、防災士としてもっと勉強しておくべきで、良い教訓になった。

7月8日からは、地区の中で自治会組織や消防団、南予用水組合などの組織が動き、大雨の被害を確認する作業が始まった。

個人的にも、自宅の被害が少なかったため安堵した反面、みかん山などの農道（市道）被害はそれなりに大きく、直ちに復旧作業を開始することになった。

宇和島市に限らず、愛媛県全体の被害が大きく、行政による復旧作業を待っていては、かなり遅くなることも考えられたため、個人が所有している重機や、いち早く予約してあったリースの重機、ダンプを使って、農道などの復旧作業に出ることになった。9日・10日・11日・12日・13日は、土砂を取り除く作業を行う。

私の住む地区は、災害によって亡くなった方はいないし、住宅の被害も少なく、そのことで山の復旧作業に専念できたことは有り難いことであった。

というのも、昭和63年6月24日、当地区は大雨の災害で土砂崩れが発生し、住宅3軒が巻き込まれて3名の方が亡くなるという悲惨な出来事があり、その教訓から、地区の人々の災害に対する意識レベルが高く、適切に対応してきたという背景があった。

7月16日、私は自発的にボランティアに出て、町内郵便局の荷受け場所などの路面洗浄作業を行う。

7月17日、行きつけのガソリンスタンド内の舗装面の洗浄を行う。

どちらも町内を流れた土砂によって土埃が多く、洗浄をしたいが、水道が断水しているためできずにいた。そこで軽トラックに山水を500リットル積み込んでいき、動力噴霧器の水で洗い流した。

今回のわが家の災害被害は、細かいことは別として、ひとつはキウイフルーツ畑が流出した

釣りを楽しんだ自家用船も転覆してしまい、エンジンが駄目になって廃船にせざるを得なかった。

ことである。面積の半分約1・5アールを喪失。

集落前の港に係留してあった漁船「牧野丸」も転覆した。勢いのあった川の水に押され、波に押し倒されたような形かもしれない。

7月9日に陸揚げしたが、その後、廃船。かつては息子や孫たちと魚釣りに使った思い出の船だったので、残念だった。

8月4日、断水解除。生活において、蛇口から水が出るということがどんなに嬉しく、有り難いことか改めて感じた。

今回の自然災害で思ったことは、大きな被害はなかったにもかかわらず、それなりに不自由な生活を強いられている。これがここ30年内に7割に近い確率で発生が予想されている南海トラフ巨大地震が起きたと仮定すると、宇和島市吉田町あたりで震度7程度、津波が7メートル程度と予想されているから、こんな大災害が発生すると、当然住宅の崩壊やライフライン遮断、そして地域は壊滅的な打撃を被ることが考えられる。生きていること自体分からないし、生活そのものも成り立たない。そんなことを考えると、阪神・淡路大震災や東日本大震災の被災者はとんでもなく大変な思いをしたと思う。

かつて私が横浜の会社にいた頃、ボイラーマンをしていた72歳の人が大正12年9月1日に発生した関東大震災を経験していて、当時のことを話してくれたことがあった。逆算すると、その人が16歳の頃の経験だったようである。

その人が言うには、関東大震災は昼間に発生したが、地震で揺れていた時間が長く、怖い思いをしたという。恐ろしいのは、住宅から逃げるとき地面が割れたことで、避難する際、その割れ目に女性が落ちているのを見かけ、当時は日本髪だったので、その髪をつかんで引き上げようとしたがダメだったと言っていた。そのこともあって、自分は壊れている住宅の戸板などを使い、割れ目を乗りこえて逃げて助かったと話していた。

そんな話の中で、私は「映画の中ならともかく、現実に、地面が割れるなんて、嘘だろう」と思いながら聞いていた。その当時、日本には自然災害の発生も少なく、私の頭も一種の平和ボケ状態だったのかもしれない。

実際は、昭和39年6月16日に新潟地震があったのだが、今ほどマスコミやテレビの報道もなく、詳しいことは知り得なかった。

阪神淡路大震災も、妻の妹家族が神戸に住んでいたことから、実際に被害の状況を見た。上は、家々の屋根にかけられたブルーシート。左は広場に走る地割れ。その怖さは、いまだに忘れることができない。

平成7年1月17日、阪神・淡路大地震が発生したとき、私たち夫婦はみかん農家を引き継ぎ、吉田町に住んでいたが、妻の妹は神戸の明石寄りの垂水区に住んでいた。妹の家族4名は、住宅を含め、怪我などの被害もなかったものの、続く余震に子どもたち（小学校低学年と幼児）が怖がっていたため、急遽、実家に帰ろうということになり、震災の5日後、私たちが迎えにいった。阪神に近づくにしたがって、道路は渋滞し、住居の屋根にかけられたブルーシートが目についた。

当然、国道2号線は利用できず、神戸へは、北の三木市の方から入っていくしかなかった。

神戸市に入って見たのが、5階建て共同住宅前の広場にあった地割れである。長さ約50メートル、幅約40センチ、深さ1・5メートルほどの亀裂が走っていて、近づいて見ると不気味な感じであった。

これが、人が落ちてしまうかもしれない地震の怖さだと思った。確かにこれだと子どもの場合、落ちたら危険この上ない。

このように、人間というのは自分が体験したり、現実を見たりしないと納得できないものなのだとつくづく思う。平成23年3月11日に起きた東北の大地震や津波、原発の放射能汚染にしても、ここ愛媛県にも伊方原発があるので同じことが起きないとは言い難く、自然災害の条件によっては、近辺に住むわれわれもふるさとを追われ、逃げ惑うことになる。しかし、現地の伊方の住民でさえ他人事といった感じで、福島の現実に目をやる人は少ない感じがする。

原発はコストの高いエネルギーであり、事故等の発生した場合のリスクも高い。運転に伴って高レベル、低レベルの放射性廃棄物が生じ、その量は年々増えていって保管される量は増大する一方である。周辺の住民たちはたびたび避難訓練をしなければならないが、事故時の対応策として現実味が低い。廃炉にしても、40年もの長いあいだ、環境汚染を心配しながら無発電の費用を電気使用者が払い続けなければならない。

官報　昭和62年3月15日　ボイラ・ニュース3月号より

通産省・資源エネルギー庁の61年度の試算によると、前年度までキロワット時当たり1円安かった原子力の原価が、石炭の発電開始時点での原価12円と同じになった。しかも原子力の試算には、原価の10％と見られる老朽原子炉の解体費用や放射性廃棄物の処理費用は含まれていないので、この費用を上積みすると発電コストは石炭を上回る13円強にもなる。

こういった話から31年が経過している。高コストの危ない設備に対して、人間の安全神話などというものはあり得ないと考える。しかしその対策を考える時に想定し難いのが現実である。狭い日本、逃げるところがない。狭い四国、逃げるところがない。

地元を含め、こういう危機管理などに対してはもっと勉強し、知見を広める必要があると考える。災害には自然災害と人的災害があると考えるが、いずれも発生することを考え、できる限りの身の安全は考えておくべきだと思う。九死に一生ではまずいのである。

おわりに

ヘリコプター訓練中の話であるが、昭和63年4月5日、私は春の選抜高校野球大会で愛媛県の宇和島東高と愛知県の東邦高校が決勝戦を闘っていたまさにそのとき、甲子園球場の上空にいた。

当日、いつものように実技訓練で八尾空港に行き、教官に時間の調整や訓練課目などの話をしていると、教官が「今日は選抜高校野球の決勝戦だな」という話になり、「牧野君の田舎は宇和島だったよな」と、急遽、訓練を兼ねて甲子園に行くフライトプランになった。

ヘリの訓練時間を調整して「どうせ行くんだったら、カメラを持って行こう」ということになり、航空会社にあるカメラを持参して飛び立つことになった。甲子園は八尾空港からランウェー27で離陸すると、西にそのままの針路で行くことができる。

私は昭和44年に一度甲子園に行ったことがあったが、今回は上空からなので、胸が高鳴る感じだった。13時40分頃、上空に差しかかったが、当時、甲子園は伊丹空港などの関係で飛行制限がかかっており、上限は1000フィートになっていた。

甲子園球場上空を2周ほどして、操縦を教官に代わっていただき、その間に私がカメラで写すことになった。そしてその航空写真は、第60回選抜高校野球大会で優勝した宇和島東高

試合中の甲子園を上空から撮影

等学校に、卒業生である実兄を通じて寄贈した。
しかしその後、写真は表に出ることなく、わが家に収蔵されたままだった。
平成17年9月4日、地元の南海放送がローカル番組「もぎたてテレビ」の収録のため吉田町に来て、レポーターとカメラマンがわが家に来られた。当時のレポーターはアナウンサーの野志克仁《のしかつひと》氏、のちに松山市長になった人である。
その時、「実はこういう航空写真がありますが、何かの役に立てませんか」という話になり、野志氏が「それなら、坊っちゃんスタジアムに、新しく野球歴史資料館『の・ボールミュージアム』ができたのですが、展示する資料が不足しているそうですから」とのことで、市に話をしていただくことになり、後日、野志氏と同館にパネルを寄贈する運びとなった。私自身は野球に疎い人間だが、ヘリコプターのパイロットとして歴史に残る感動的な場面に遭遇し、その記録を残すことに関与できたことは本当に嬉しい。平成6年、この航空写真は対戦相手の愛知県の東邦高校にも寄贈した。

†

さて冒頭に述べたが、私の父は喜多郡肱川町中居谷の出身である。中居谷へは、私が小学生のころ、父が里帰りする時に同行したことがあったが、国道197号沿いにある鹿野川から歩いて2時間かかるほどの山深い場所で、家は山の上にあった。

実は私は、中居谷を平家の落人部落ではないかと思っている。理由は、父の旧姓が藤原で、藤原一族につながるのではないかと思っていること、そして家の近くに談合城《だんごじろ》といわれる場所があることである。その昔、壇ノ浦で敗れた平家の残党がここに落ち延びて秘かに集落をなし、山の上に住まいを構えることでいち早く追っ手を見つけ、わが身の安全を確保していたのではないか。その古い歴史の流れのなかで子々孫々が生き延びたからこそ、父がいて、私が存在している。といっても、平家の落人という確かな証拠があるわけでもないし、落人伝説は全国各地にあるから、これは単に私が夢想している歴史ロマンに過ぎない。ただ、そのように考えると、事故に遭いながらも、こうやって元気で生き延びていることがひとつの歴史的感動のように思えるのである。

†

また、これも私の秘かな夢なのだが、私はあと32年生きると、ギネス保持者になる。あるとき新聞に、アメリカのカリフォルニア州ターロックというところに、頭部に銃弾が埋まったまま94年6カ月を過ごした男性が、103歳で亡くなったという記事が載っていた。この人は、兄弟が誤射した銃弾を頭に受けたそうだが、医師は手術の危険性を考え、銃弾を残したままにしていたところ、こんなにも長生きした。2006年の時点で、銃弾を保持したまま89年も生きたとして、すでにギネス世界記録に認定されていたのだが、その記録が94年6カ月ということになった。

私がギネス保持者になるとすれば、年齢で言えば100歳になっているが、今は「人生100年時代」であるから、あるいは達成できるかもしれない。楽しみである。

2019年夏

牧野省三

■著者プロフィール　　牧野省三（まきの よしかず）

昭和26(1951)年　愛媛県宇和島市吉田町の赤松家に、次男として生まれる。
昭和32年秋　被弾。その後、摘出手術を受けるが、弾は取り出せないままとなる。
昭和45年　愛媛県立吉田高等学校工業科を卒業後、神奈川県の金属表面処理会社に就職。
昭和48年　三重県の本田技研工業株式会社鈴鹿製作所に転職。
昭和55年　結婚により牧野姓に。
平成元年　ヘリコプターの操縦資格を取得。
平成６年　帰郷し、みかん農家として再出発。
平成27年　高速道路において衝突事故を起こし、重傷を負う。以後、懸命なリハビリにより、元の生活ができるまでに回復。

銃弾と共に――　生かされた命に感謝して

令和元年8月23日　初版第１刷発行

著　者　牧野 省三
発行人　中村 洋輔
発　行　アトラス出版
〒790-0023 愛媛県松山市末広町18-8
TEL&FAX　089-932-8131
E-mail atlas888@shikoku.ne.jp
HP http://userweb.shikoku.ne.jp/atlas/
印　刷　有限会社オフィス泰